人工智能
生产力链条自封闭
机器人
终极进化
人类命运共同体

闫老板——著

目击者报告

Witness Report

暨南大學出版社
JINAN UNIVERSITY PRESS

中国·广州

图书在版编目（CIP）数据

目击者报告/闫老板著．—广州：暨南大学出版社，2018.2
ISBN 978－7－5668－2314－4

Ⅰ．①目…　Ⅱ．①闫…　Ⅲ．①科学幻想小说—中国—当代
Ⅳ．①I247.5

中国版本图书馆 CIP 数据核字（2018）第 020875 号

目击者报告
MUJIZHE BAOGAO
著　者：闫老板

出 版 人：徐义雄
策划编辑：李　艺
责任编辑：黄少君
责任校对：叶佩欣
责任印制：汤慧君　周一丹

出版发行：暨南大学出版社（510630）
电　　话：总编室（8620）85221601
营销部（8620）85225284　85228291　85228292（邮购）
传　　真：（8620）85221583（办公室）　85223774（营销部）
网　　址：http://www.jnupress.com
排　　版：广州良弓广告有限公司
印　　刷：佛山市浩文彩色印刷有限公司
开　　本：850mm×1168mm　1/32
印　　张：8.75
字　　数：200 千
版　　次：2018 年 2 月第 1 版
印　　次：2018 年 2 月第 1 次
印　　数：1—1000 册
定　　价：29.80 元

目录

第一章

人工智能

一

我们习惯回顾历史，偶尔也展望未来，但缺少对自身的审视。所以我们今天追求的，可能是明天所抛弃的；正如我们今天批判的，却是昨天赞美的。

当然，一个好听的故事用这样的开头会失去很多读者，而当你看到这里时，仍愿意继续读下去，才是我真正希望得到的。

让我们从这个故事的源头说起，一场血腥的格斗。

那天一定是个不平凡的日子，人们都穿着节日的盛装，三五成群涌上街头，沿着撒满红色花瓣的罗马大道，走向远方的竞技场。古人用大量石头建造了这个圆形的奇迹工程，以展示文明和表达对生产力的理解。这座建筑平时容纳 5 万人，而今天的这场表演吸引了 8 万观众，包括罗马皇帝本人。

莫赫达克手持短剑和盾牌，站在竞技场的中央，平静地接受着 8 万观众的欢呼和致敬。这是他最后一场决斗，如果取得胜利，他将得到罗马皇帝手中的那把木剑，那意味着自由的生活。

如果说最初的几场胜利是靠运气的话，那之后的几十场胜利完全取决于他的技术。作为一个专业的、冰冷的杀人机器，他首先战胜了对死亡的恐惧，然后放弃对生存的希望，幻想自己已经死在上一场决斗中，而今天的比赛只是梦境的延续，醒来后仍是地狱。做到这一点，他便可以将所有的注意力凝聚在格斗本身。莫赫达克关注对手的剑，以及它的速度、轨迹和姿态，包括对手肢体的每一个位置，这些信息在莫赫达克的脑中迅速汇集，以便做出下一个更快、更准、更正确的动作。随着倒在他剑下的对手越来越多，莫赫达克后期的格斗更多依赖经验，这些直接调用的程序化动作比临时思考做出的决策更为快速和可靠。所以莫赫达克重视经验的积累，每次将对手杀死之后，他从来不做狂喜的庆祝，而是默默走开，脑中回忆着刚才的每一个动作，并修改自己的格斗数据库。这让莫赫达克看起来格外冷峻和有个性，也使他得到了民众的热爱，大家喜欢与众不同的东西，连罗马皇帝也是他的粉丝。

即使是如此冰冷的莫赫达克，面对今天这样的场景，也未免会多思考一些问题，比如胜利后的自由和生活。这类念头的生起，对莫赫达克来说是一件像瘟疫一样要回避的事情，因为分心是致命的。但莫赫达克懂得如何快速消灭这样的战前杂念，比如马上关注起一些其他细节。他将手中的短剑插在地上，右手捏起左肩上一片粉红的花瓣仔细端详，思考着这片花瓣如何飘过这个硕大的角斗场而落在自己的肩上。当然，这种思考不一定需要答案，因为对手已向自己走来。

莫赫达克放开那片花瓣，拔出插在地上的短剑，注视着走过来的这位角斗士。他使用和莫赫达克一样的装备，但他的肤色更深，身材略高，肌肉线条流畅，步子很大，很自信。对手显然更年轻，也许会比莫赫达克小十岁或者更多。走近之后，莫赫达克看到了对手坚定的眼神，就像年轻时的自己。莫赫达克知道面对这样的对手，体力不是自己的优势，所以战斗时间越短越好。

两位选手均省略了向观众致敬的程序，选择直接开始战斗。而全体观众均选择了站立的姿势来欣赏这场决斗，包括罗马皇帝。战斗开始，8 万人的竞技场瞬间鸦雀无声，只有剑和盾牌碰撞的声音。当两位选手的剑在身体要害部位附近划过时，人群一齐发出惊嘘声，几万人的心率和血压似在同步发生变化，遗憾的是当时没有测量仪器来证明。

一直在急迫寻找机会的莫赫达克发现对手犯下了一个低级错误，那就是挡在胸前的盾牌越来越倾斜，这样便暴露出更多的身体面积。莫赫达克逆时针抡出短剑，在碰撞到对方盾牌之前稍稍拉短一些短剑运行轨迹的半径，短剑快速从对方盾牌前划过，而自己的盾牌则事先挡在短剑运行的前方，短剑被弹回，剑锋搭在了对方盾牌的内侧，这一切都是在瞬间完成的。这时莫赫达克的短剑正指向对方的左胸，而剑锋之前已经没有任何阻挡。莫赫达克毫不犹豫地跨出半步，用力将剑向前刺去，人群发出了巨大的骚动，因为位于两侧的人们已经看到对手背后露出的一截剑锋。但莫赫达克从对方脸上的表情看出这场游戏并未结束，他想乘胜追击，却发现短剑无法拔出。原来，对手极其大胆地让莫赫达克的短剑从其左腋下通过，然后用左臂夹住短剑，并用盾牌的边缘将莫赫达克持剑的手腕紧紧扣住，同时举起了自己右手的剑。

莫赫达克无法用盾牌同时护住伸出的右臂和暴露的身体，因为盾牌更重，剑比盾更快。所以，莫赫达克本能地放弃了短剑。

之后的故事简单而血腥，莫赫达克被杀死。但这丝毫没有影响到比赛的气氛，大家都觉得这是一场非常精彩的决斗。

后来，一位也是莫赫达克忠实粉丝的资深议员，用 7 枚金币买到了莫赫达克的盾牌。他将这面盾牌悬挂在家里客厅的墙上，相信这会带给他勇气。

多年后帝国瓦解，社会开始动荡，议员的小儿子举兵割据一方。他把莫赫达克的盾牌熔铸成了 24 枚勋章，用来鼓励他的骑士英勇作战。而这些勋章和他们的主人一起被沙场的尘土覆盖。后来，有个商人收集到了其中的三枚勋章留作纪念，很显然，这位商人也热爱莫赫达克。

随着时间的流逝，这三枚勋章辗转流离，后来进到了某国的博物馆待了很长时间，而勋章的故事早已被人们淡忘。又遇战乱，博物馆连同整个国家被侵占，入侵者的元首偏爱冷门艺术，对这三枚勋章情有独钟并据为己有。他把其中的两枚当作国礼送给了自己的盟友。位于东方的盟国显然对这枚材料和工艺均没有特别之处的古代勋章不太了解，便把它挂在一名即将出征的普通士兵的胸前，鼓励出征的军人们英勇作战。而这名士兵两个月后战死在邻国的一片麦田里。

作为战利品，这枚勋章被邻国的一名士兵收藏。战争结束，解甲归田的老兵经常拿出这枚勋章，向邻居和朋友讲述自己的英勇故事。当然，这个故事和莫赫达克的盾牌没有一点关系。

这枚勋章所在的国度又发生了一些事情，这个两次工业革命都没有赶上的国家独立之后百废待兴，对发展生产力的渴望到了疯狂的地步，一度将钢铁总产量的多少视为生产力发展水平高低的标志。狂热的民众几乎将家中所有金属都献给了国家，那枚小小的勋章也没有逃脱被再次熔炼的命运，在一个简陋的熔炉中被熔入一块钢锭中。

当然，这块钢的质量很差，和同一批的其他钢锭一起被放置在一个废弃的工厂大院中。多年来四周杂草丛生，而那块钢锭又有了足够的时间去回忆历史。

多年后，这些原料被再次利用，那块不平凡的钢锭被再次熔炼，铸成了一批井盖，分布在这个城市的一些角落。其中一个被安置在了一所大学内。

这所大学曾经有一位著名的学者，晚年时患有眼疾，几乎失去了视力，只能分辨明暗。学校在他的住所前用白色石子铺成小路，方便学者识别归途。而这个井盖正铺在白色石子路的边上，一半湮没在草坪之中。学者逝去之后，人们为了纪念他，保留了他的故居以及周边的白色小路，那块井盖一起被保存了下来。

这块井盖静静地躺在路上，见证了历史的演变。

今天，有些学生路过时，偶尔也会停留片刻，用手拨开草丛，辨识井盖上的年代。

一个阳光明媚的中午，黝黑的井盖被晒得暖洋洋。一个少年腋下夹着一本厚厚的书，像往常一样，路过时驻足停留，但这次时间略短，因为他要随着人流赶往前方的大草坪，那里有一场人类现代文明的盛宴即将开始。这同样是一场格斗。

二

人群不断地向大草坪聚集，草坪上空用激光全息成像技术打满了宣传标语和烟花，即使在白天也绚丽夺目。

第四届国际机器人运动会决赛暨闭幕式已经开始。

国际机器人运动会每四年一届，共有36个大项目和500多个子项目，奇形怪状的机器人在这场盛会上逐个登场。国际机器人运动会在举办第二届时，全球移动终端收视率已经超过了奥运会和世界杯，成为人类社会规模最大的运动会。各国也将该运动会视为国家综合实力和生产力发展水平的展示平台，金牌榜与奥运会的规律几乎一样，A国和C国包揽了大部分的奖牌。

南方大学的李应教授是国际顶尖的人工智能专家。他兼任国际机器人运动会组委会副主席，为C国成功申办这次运动会立下了汗马功劳。今天李教授和组委会其他成员一起坐在观礼台上，在自己的学校观看最后一个项目的比赛，并将为获奖选手颁奖。

比赛用的圆形竞技台已经搭好，有点类似C国古代比武用的擂台。进入决赛的两个机器人已在竞技台上站好，一个来自A国的智能机器人实验室，另一个来自C国的北方工业大学。比赛规则很简单，一方机器人在规定时间内将对手杀死，或者将对手打下竞技台即可获胜。当然也有一些限制条件，比如机器人的体积和重量不能超过设定的标准，不能发射脱离性武器等。

南方大学的学生近水楼台，占了观众席的一大半，此外也有远道而来的记者和机器人爱好者，其实在目前的通信技术条件下，在移动终端看直播比在现场观看更为详尽，但现场的气氛是无法复制的。

现场的观众正热烈地讨论着台上两个机器人的秘密武器。由于目前微电机功率做得越来越大，机器人变体能力越来越强，出于对自身的保护，格斗机器人均采用光滑的弧形外壳，而致对方于死地的武器就隐藏在坚硬的外壳之下。

主持人激昂的解说词结束，比赛开始了，现场瞬间安静下来，只能听到台上两个机器人的电机运转的“嗡嗡”声。两个机器人都很小心地移动，试探着对手的运动规律和加速度；电机的“嗡嗡”声越来越尖锐，有经验的观众小声地议论着“机器人的超导电机启动了，要出手了”。

A 国机器人的圆弧形顶盖突然裂开，探出一个奇怪的装置，观众们的心跳开始加速。此时，只见北方工业大学的机器人向后方轻轻一跃，像是要跳出对手的攻击范围，同时从底部喷射出一团白色液体，将对手裹住。这团白色液体迅速凝固，像一张很有韧性的网，对手的轮子被死死地缠住。被网住的机器人开始挣扎，但无法摆脱。北方工业大学的机器人绕到对手侧面，打开圆弧形装甲，伸出一个钻头，毫不犹豫地刺进了对方的身体，随着刺耳的电钻摩擦声，钻头内部导电黏合材料在高温下液化，四处飞溅，而合金钻头本身也分裂为 8 个金属条，像菊花一样绽放在对方体内，如一根根毒针刺进对手的身体，对其内部的电路和机械传动系统造成致命的伤害。

A 国的机器人不再移动，并冒出白烟，很显然其电源系统已被彻底摧毁。这时 A 国代表队提出抗议，指出北方工业大学的机器人发射脱离性武器，违反比赛规则。

李应教授和现场的组委会成员担任评委，他们仔细地观看了录像回放，并紧张地进行交流。观众们也纷纷议论刚才的细节。几分钟后主持人宣布结果有效，高速摄像机的回放，证明了北方工业大学的机器人刚才“喷射”出的白色物质在离开机体瞬间已经固化，严格地说它抛出的是一张柔性网，而在罩住对方机器人之后，才将该网连接自身机体的部分切断，整个过程没有任何气体或液体脱离机体，不属于禁止发射的脱离性武器。

大屏幕也在不断地回放刚才的慢镜头，观众们长时间地鼓掌表示庆祝，都认为这是一场精彩的比赛。

按照惯例，在决赛之后和闭幕式之前，还有一个表演项目。这个环节展示的是最新的机器人技术，也是每一届国际机器人运动会最大的看点。李应教授作为东道主当然不会错过这个机会，他领导的团队将在这个项目上进行表演。

两名工作人员快速地将刚才的圆形格斗比赛台折叠收起带走，大草坪恢复了空旷。观礼台右侧有一面山墙，山墙一侧的观众被工作人员疏导到观礼台对面和左侧，并拉上了隔离带。

“看样子这个表演项目有点危险啊！”隔离带后面的学生议论着。

一个工作人员扛来一个圆形的靶子插在山墙前面，彩色的同心圆很醒目，像一个大大的棒棒糖。

“哦，原来是射击类表演。”观众们议论不止。

机器人由于稳定性好，其标准枪械的射击成绩早已超过人类，但不知道李应教授这次要表演什么花样。

这时，扩音器里响起了主持人高昂的解说声：“下面有请李应教授团队的最新成果，机器人——罗宾逊！”观众席传来一阵阵掌声。

半分钟过去了，隔离带围着的大草坪没有任何动静。

主持人将刚才的解说词以更加高亢的声调重复了一遍。

人群开始低声议论。

这时，山墙正对面的隔离带被轻轻举起，一个穿黑色披风的人走出来，连衣帽深深地遮住了他的脸。黑衣人左手持一把弓，背上背着一个箭筒，箭筒上露出两支白羽。

“哇，这机器人就在我们身边站了很久，我们都没有注意到。”隔离带后面的观众感叹道。

黑衣人一瘸一拐地向草坪中央走去，箭筒里的两支白羽随之晃动，在黑色衣服的映衬下格外显眼。

“这是真人还是机器人啊？”观众们议论纷纷。

观礼台上各国的专家委员也纷纷转向李应教授，相互微笑、示意和交流。目前双足仿真机器人的行走姿态是一个技术难点，虽然 ZMP 理论早已不是束缚，但机器人仍无法模仿人类完美、轻盈的步伐，而李应教授用特殊人群的行走缺陷掩盖了这个问题，是一个聪明的举措。

现在大家明白这个机器人为什么叫“罗宾逊”了。

罗宾逊走到草坪中央站定，右手从背后取出一支箭，搭在左手的弓上，所有动作一气呵成。专家们点头赞许，对于机器人来讲，越是非标准的器械，需要的智能越高，而人类是通过练习和经验来完成这类器械操作的。

罗宾逊举起弓，右手慢慢地将弓弦拉满，锋利的不锈钢箭头寒光闪闪，这是一支真正的箭。大家屏住了呼吸，李应教授双手紧握。

“嘣”的一声，箭射了出去，深深地插进靶心正中。

全场爆发出雷鸣般的掌声，李应教授站起，激动地向大家示意。大屏幕上先展示了插在靶心上的箭的特写，接着把镜头推向李应教授灿烂的笑脸，观礼台上的各国专家也纷纷与李应教授握手道贺。

而真正的主角，机器人，则静静地站立着，虽在舞台的中央，却是关注的边缘。

场上逐渐安静下来，响起了主持人的声音：“感谢李应教授团队的精彩表演，现在请机器人离场。”

半分钟过去了，机器人一动不动。

主持人赶紧核实细节，没错，没有安排工作人员去移动机器人，应该是机器人自行离开。

主持人干咳一声，说：“请，机器人罗宾逊离场。”他似乎怀疑自己发音不够标准。

机器人仍旧未动。

李应教授显得有些紧张，他向人群中眺望。观众们议论纷纷。

突然，机器人开始动了，人群瞬间安静下来。

只见机器人取出另外一支箭搭在弓上，慢慢地将弓拉满。

“这个机器人难道要用第二支箭把第一支劈成两半?”有个观众说道。

“不会这么准吧!”另一人说，“奥运会射箭冠军也做不到的。”

“动画片上是这么演的。”刚才那位观众坚持自己的观点。

场上所有目光此时此刻全部集中在这个机器人身上。

突然，机器人180°转身，箭锋直指身后的人群。

人群爆发出尖叫声，像潮水一样向两边散去，有些人被挤倒，却不敢再次站起来，连滚带爬地离开危险区域。

人群散去后，只留下一位少年迎风而立，他身材消瘦，戴着眼镜，一脸不羁的笑容。

机器人用这种方式，将他的主人从人群中找了出来，李应教授的博士研究生叶同。

凝固的空气中，所有人的心脏都被一根弓弦崩紧。叶同一动不动地凝视着对面的黑衣人。“嘣”的一声，箭射了出去。

人群再次发出尖叫声，因为很多人站在叶同两侧，他们看到箭锋从叶同背后露出一截。李应教授猛地站了起来。

叶同并没有倒下，他的右手举起了夹在左腋下的厚书，书中夹着那支箭。周围没有多少掌声，因为大家都被吓呆了，还没有缓过神来。

草坪中央的机器人解下黑色斗篷，散下一头乌黑的长发，露出一张女性白皙清秀的脸庞。她放下手中的弓，不再踱足，而是轻盈地向叶同走去。

“原来是个真人啊!”有些观众惊叹。

她越走越快，直到奔跑起来，长发飘飘。

台上的专家集体起立，脸上露出异样的表情。机器人拟人双足行走是国际难题，但面前的机器人却在优美地奔跑，如同真人，唯有金属关节运动发出的哗哗声暴露出她的真实身份。

跑到叶同面前时，她张开双臂，一跃而起，叶同被这个幸福的拥抱冲退了好几步才站稳，显然机器人的重量还要继续改进。

大屏幕终于把镜头送给了故事的主角，人群爆发出了长时间的掌声、喝彩声。叶同与机器人拥抱的视频占据了全球各大网站头版头条一个多星期。

而之后，叶同受到了一个不公开的内部处分。

三

叶同出生在一个中产阶级家庭，父亲是一名普通政府职员，母亲是一名产业工人，家族中也没有显贵之人，但家庭给了叶同良好的教育，或者说是必要的教育。叶同天资聪颖，好奇心很强，小小年纪就经常得到大人们的夸奖。

邻居匠伯非常喜欢叶同。他对叶同的成长影响很大。

匠伯是一个大型机械制造企业的总工程师。他的家就像一个实验室，有各种有趣的小机械和仪器。叶同从小就喜欢到匠伯家里玩。匠伯由于年近退休，子女都不在身边，经常在空暇的时候教叶同做一些简单的机械玩具。叶同读小学之后，已经可以独自设计制作一些简单的变形机器人了。匠伯鼓励叶同今后做一名工程师。

叶同读中学的时候，匠伯退休了，他决定要去远行，便将自己收藏多年的工具和一些图纸送给了叶同。从此之后，叶同再也没有见到过匠伯。

按照匠伯之前的建议，叶同高考后报考了机械制造专业，在本科期间辅修了电气专业，硕士阶段攻读计算机专业，现在的博士专业是人工智能。他从小的梦想就是做出一个智能机器人，和真人一模一样的机器人。

叶同的成长看似顺利，理想一步一步地变成现实，特别是博士导师是国际人工智能领域的巨匠李应教授。然而，叶同的噩梦也是从读博开始。

叶同的博士导师李应教授是一位具有传奇色彩的人物，年轻时拿过许多国际大奖，学校视他为瑰宝，专门为他盖了一栋三层的人工智能实验楼。

据说，当时 C 国机器人研究领域分为两个门派，被戏称为“剑宗”和“气宗”。“剑宗”是一帮追求机器人从外观上更像人类的学者，以研究硬件和控制系统为主；而“气宗”则追求机器人在思维上更像人类，这帮学者主要搞软件程序。其实这两个门派并不矛盾，能够相互结合最好，但李应教授做了“气宗”掌门人之后，开始合纵连横，四处运作，拉帮结派，将“剑宗”逼到了死角。“气宗”学者在李应教授的带领下，占据了国内各种学术委员会的重要位置，各项目评审权也被“气宗”牢牢把持，“剑宗”人士基本上申请不到项目和经费，一些搞硬件的机器人专家不得不改行。

对于李应教授的江湖作风，连他门下的学生都经常开玩笑，说导师一定有一本“气宗”的武功秘籍，只有嫡传弟子才能得到真传。因为李应教授的硕士研究生很多，而在读博士生只有一个，而且是读硕士时就找好的人选，硕博连读一共 8 年，等这名博士即将毕业时，李应教授会再物色新的人选。李应教授实验楼的第一层是公用机房，主要放置大型交换机和服务器；第二层是硕士研究生的实验室；而第三层只允许一个学生使用，那就是李应教授的嫡传博士。

李应教授收叶同为博士算是破例，因为叶同不是李应教授门下的硕士。叶同一开始满怀期待地投到李应门下读博，但后来发现导师不是自己想象中的崇高的学者，他更像一个商人，从不关心学术和教学，而是把所有精力都放在交际应酬上。更让叶同接受不了的是导师不允许自己研究机器人的硬件，在一次不愉快的谈话之后，叶同被赶出了人工智能实验楼，安置在另一栋实验楼的一个废旧的仓库里。叶同作为一个坚定的“气宗”逆子，被“掌门”驱逐流放了。

叶同对于这个远离导师的仓库还算满意，虽然环境差了点，但做科研的基本条件都具备，他把仓库收拾得整整齐齐，自封为“仓库管理员”。

李应教授还像往常一样，大部分时间用在出差上，基本没有时间在学校，手下的学生很少见到导师，更不用说被流放的叶同了。

突然有一天，导师出现在叶同的仓库门口，这让叶同很是吃惊。

四

“嗯，还有点像做事的样子。”李应站在门口，往仓库里面打量。

叶同赶紧起身，“哦，不知道老师过来了，请进吧。”叶同想给李应找把椅子，但发现没有第二把，便把自己的椅子让给了李应。

李应没有坐，他继续说道：“几个月后要在我们学校举办第四届国际机器人运动会决赛暨闭幕式，这事你应该知道吧。”

“知道，这是我们学校的荣幸。”叶同小心地回答。

“在表演项目上，组委会决定由我们团队负责，我想由你来牵头做这个项目。”李应转过身，面对叶同，“有信心吗？”

说实话，叶同当时都不敢相信自己的耳朵。他知道，这个项目是国际性的展示，也是自己多年的梦想之一。他曾幻想有一天自己的机器人能在运动会上拿到奖牌，但能参加表演项目是更光荣的事情，所以叶同向导师保证会做好这件事情。

“很好，”李应满意地说，“方案我已经发到了你的邮箱，你抓紧时间看看，有什么问题及时找我讨论。你既然坚持要做仿人机器人，就拿这个项目做你的博士论文题目吧。”李应没有给叶同回答的机会，继续说道："明天下午三点在我的二楼实验室有个新生见面会，你也来一下吧。"说完，李应头也没回，走出了仓库。

叶同坐在电脑前，打开了导师发给他的方案，他失望至极。如果说，用宽松的衣服来遮盖机器人结构上的缺陷还可以接受的话，那么用跛足来回避行走姿态问题，简直是在逃避技术责任。但这个行走姿态问题也是叶同多年来反复思考的问题，这是使机器人看起来更像人的重要一环。他悄悄地制定了第二套方案，想等实验成功后再和导师谈，想必导师一定会接受。但叶同没有揣摩过导师的内心世界。

第二天，走在去人工智能实验楼的路上，叶同心里琢磨着这个新生见面会，"新一届的硕士已经都见过面了，现在这个落单的一定是导师新招的嫡传弟子吧，搞得这么隆重。"

叶同走进实验室的时候师弟师妹们都已经到齐了，他看到一个女孩大模大样地坐在中间的实验台上，身穿一件碎花连衣裙，长长的头发，晃着腿，歪着脑袋正盯着自己看。叶同自走进这栋实验楼起就心情压抑，于是他低着头溜边走到了实验室的一个角落，有个师弟起身给叶同让座，师弟师妹们对叶同还是很尊重的。

"你就是大师兄叶同博士吧?"坐在桌上的女孩问道。大家都转头看向叶同。

叶同笑了一下，点点头，没说话，他希望大家尽量不要关注自己。

身边的师弟小声地对叶同说："师兄，这就是新来的师妹，硕博连读，估计是要接管三楼的钥匙了。”

叶同点点头，难怪这么高调，估摸一下这硕博连读下来的时间，她应该是导师的关门弟子了。

这个时候李应走进了实验室，坐在桌上的师妹跳了下来，俏皮地背着手向李应鞠躬。大家起立，李应向大家招了下手，示意大家坐下。

李应向大家简单介绍了一下这个从A国留学归来的小师妹。

“大家好，我叫李如诗，请师兄师姐多多关照。”小师妹向大家鞠了一躬。

大家开始热烈地鼓掌，叶同也跟着拍了两下手。

“不会是他亲闺女吧？”刚才那个多嘴的师弟在掌声的掩护下又嘟囔了一句。

李应很开心，他说：“第四届国际机器人运动会在我们学校举行，我们团队有机会在闭幕式的表演项目上展示，这是件大事，特别是在我们家门口表演，一定要成功，为国争光。”李应转身面对叶同，“我将此事交给了叶同博士牵头负责，叶同，方案你看过了吧？”

叶同觉得脖子发凉，“看过了，李老师，有些问题我想单独汇报。”

“也好！”李应点点头，“需要谁做你的帮手，你来点名。”

叶同望着这帮软件高手，实在想不到谁能帮得上自己。

“我愿意帮助师兄！”新来的小师妹自告奋勇地跳了出来。

李应答应了，散会。

叶同心里非常别扭，本来领了个光荣的任务，却要执行一个蹩脚的方案，现在又来了个监工。但他还是把主要精力放在了项目上，马上开始制作自己生命中第一个真正意义上的机器人。叶同暗自发誓，一定要做得像人。

李如诗提出做叶同的助手之后，找个时间去了趟叶同的实验室，当她走进那座破旧的仓库时，泛起了同情之心，仓库虽然收拾得还算整洁，但和自己的实验室比起来，这里简直落后半个世纪。

“据说很多科学巨匠都是从地下车库开始自己的事业的，看来师兄也具备了初始条件啊！”李如诗打趣叶同。

“还好吧，”叶同苦笑一声，“这里很安静，没有各种参观和领导视察，仪器设备也算齐全，师妹要不要搬过来一起做论文啊？”叶同苦中作乐，打趣小师妹。

“我还是不要打破你的宁静了，”李如诗又转了一圈，“不过空调噪音好大啊，排风扇也该换了吧。”

叶同没有理会李如诗的这些问题，他问道：“导师的方案你看过了吧？”

“看过了，”李如诗还是在环视着实验室的环境，“像师兄这样的高手，完成这个任务肯定没有问题，但把这个方案拿到国际机器人运动会闭幕式上去表演，可能寒碜了点。”

叶同顿时对这个小师妹另眼相看。他考虑了一下，干脆向李如诗交底，反正早晚也要向导师摊牌的。

“其实我还有另外一个方案，只是想等试验通过后再向导师请示。”叶同打开了电脑。

李如诗坐下来仔细地浏览了一遍叶同的方案，顿时对师兄肃然起敬，似乎明白了导师为何破例收他为博士，也明白了他为何被打入冷宫。

“太精彩了，简直像一场话剧，”李如诗站了起来，“不过导师一定不会同意的。”这个刚入学的小师妹似乎比叶同更了解李应。

“不管了，就算他要开除我，我也要试一下。”叶同坚定地说。其实叶同还幻想着导师能接受他的方案，而他的坚定态度打动了李如诗。

“好，我全力支持师兄，”李如诗说道，“项目需要购买材料和元器件的经费由我报销，先不让导师知道。”

叶同听到师妹这个表态后格外激动。他目前同时完成两套方案最大的困难就是经费不足，由于导师长期外出，手里的项目经费一直都由嫡传弟子负责，李如诗答应帮这个忙，看来经费问题是解决了。

“但还有一件事情需要师妹帮忙，”叶同继续说道，“下次再过来的时候，麻烦师妹穿一套泳装。”

“你什么意思？”李如诗瞪大了眼睛。

“别误会，”叶同紧张得满脸是汗，“我想建一个双足行走姿态的数据库，没必要花钱请个模特走来走去，所以想请师妹辛苦一下，都是为了科研，没别的意思。”

“哦，”李如诗听到自己可以替代模特的工作，心里觉得美美的，“请教师兄，怎么才能使机器人行走起来更像真人呢？”

听到学术问题，叶同又找到了兴奋点，“分布式控制，给机器人的双腿设计一套独立的控制系统，就像人一样。我们平时走路或跑步时，大脑并不关注双腿的每一块肌肉是怎么运动的，而是给一个宏观的指令而已，具体动作还是由双腿的神经系统自己去完成。”叶同咽了一下口水，“所以，这个世界上每个人的行走姿态都不相同。”

“用眼睛看着路才能走得好啊。”李如诗在硬件方面还是外行，但她熟悉软件。

“眼睛当然会为大脑提供信息，当看到地面情况复杂的时候，大脑就会收回双腿控制系统更多的控制权限，由大脑来具体指挥腿脚运动，你会发现你的运动速度慢很多。”

“好像明白了，”李如诗点点头，“但这种中央和局部控制权限的分配比例在变化时，难免会出错啊。”

“所以我们偶尔会失足摔跤。”叶同得意地答道。

李如诗：“哦，按照你的说法，我们每个人小时候都有个学走路的过程，就是在解决这个问题。”

“没错，”叶同说道，“那就是机器学习的过程。”

李如诗知道叶同说的是人工智能，她点点头，说：“好，我相信师兄一定能成功。”

叶同送李如诗走出实验室时，李如诗突然问道：“师兄，你为什么叫叶同？”

“我爸爸说这个世界上每一片叶子都是不同的。”叶同回答。

“那你应该叫叶不同。”李如诗思维很严谨。

“但每一片叶子都有自己的特点，都有自己的作为，也都有自己存在的价值。”叶同慢慢地说道，“从这一点来看，其实每一片叶子都是平等的、相同的。”

“嗯，挺有意思。”李如诗笑了笑。

走到走廊门口时，李如诗突然站住，又问道：“你为什么不问问我的名字是怎么来的?”

叶同一愣，傻傻地说：“你爸爸希望你如诗如画般美丽呗。”

李如诗叹了口气，“其实我的名字是妈妈起的。”说完头也不回地走了。

叶同看着李如诗的背影渐行渐远，在这孤独的求学之路上第一次感受到了温暖。

在之后的一个星期里，李如诗每天都会来叶同的实验室，换上泳装，腿上被画满了供高速摄像机定位用的圈圈点点，还贴了很多传感器，像一个模特一样在镜头前用各种姿势走来走去，叶同作为唯一的观众和导演，在旁边不停地鼓励和指挥她。李如诗除了经常帮叶同买一些价格不菲的材料和器件之外，还会带一些好吃的到实验室，因为叶同经常一忙起来就几天不出实验室的门。

在李如诗的帮助下，叶同的计划进展很快，表演用的两个机器人提前一个月做好了，外观上一个是女性、一个是男性。他的方案是女机器人去射箭，男机器人来受箭和接受那个拥抱。叶同反复地试验，校准精度，尽量考虑到每一个细节和可能发生的意外。

在正式表演的前两个星期，李应教授专程回来检查项目进展，叶同只展示了前面的射箭环节，当然完美无瑕。他采纳了李如诗的建议，由她做李应的思想工作，在合适的时候向导师提出第二套方案。

在正式表演的前两天，叶同收到了一个好消息和一个坏消息。好消息是李如诗说导师同意了第二套方案，但要保证安全；坏消息是在最后一次调试时，女机器人扑倒了男机器人，两个机器人都有不同程度的损坏。这可把叶同急坏了，他通宵加班优先修复了女机器人，但实在没有更多的时间去修复男机器人。为了不辜负导师的信任和师妹的期望，叶同决定自己代替机器人去受那一箭。

这两个机器人的脸部模型是用3D打印机按照李如诗和叶同的脸型建模制作的，在外形上也和他们俩一样，连男机器人的衣服都是叶同自己的，所以用真人做机器人的替身，连女机器人的图像识别程序都不用修改。

在这件事上叶同向李如诗隐瞒了实情，他怕李如诗不同意他代替机器人去受箭，毕竟这是一件极其危险的事情。而李如诗也向叶同撒了个谎，其实李应教授根本不知道还有第二套方案。

当然，表演是成功的。

李应教授虽然得到了意外的荣誉，但对这件事情极为愤怒。如果不是由于李如诗假传圣旨，他一定会开除叶同。

“你不该瞒我，导师不同意这件事，”叶同说，“害得你也背了个处分。”

“我不忍心你的才华被掩盖，它应该得到喝彩，”李如诗淡淡地说，“你也不该瞒我，替机器人去受箭，射偏了你就没命了。”

两个人相互一笑，其实他们都没把处分放在心上。

五

自从背上处分之后，李如诗收到了导师大量的学习任务，几乎天天泡在三楼实验室，像是在受惩罚。而叶同则孤独地留在自己的实验室里，天天对着这个长得很像师妹的机器人，幻想有一天这个机器人能和自己聊天。

一个星期之后，叶同收到了导师的一个通知，去参加一个饭局。

李应的饭局很多，有时也带学生参加，但都是一些具备高级秘书素质的弟子，懂得端茶倒水、能说会道，所以李应从来没有带叶同出去应酬过。偶尔导师也会召集门下所有的学生一起吃饭，叶同总是安静地坐在最远处，希望饭局早点结束。

在饭局上，一向注意细节的李应教授已经将座位安排好。李应当然坐在主位上，让叶同吃惊的是自己竟然被安排坐在导师的旁边，而在李应另一侧的是博士毕业刚刚参加工作的大师姐，接管三楼实验室的李如诗坐在了师姐旁边。叶同觉得脖子发凉，猜想这场饭局可能是场鸿门宴。

这次大师姐回 G 市出差想顺路拜访导师，正巧李应教授也在学校，于是很高兴地召集门下弟子一起吃饭，来欢迎这位在国家核心部门工作的爱徒。

饭局上李应向大家介绍了大师姐的工作情况，鼓励大家以师姐为榜样，为国效力。李应还请师姐向洪局长转达问候。叶同知道导师说的这位洪局长就是国家技术安全局负责人洪斌，听说他是导师的大学同学。

虽然叶同与这位博士师姐有一年的时间同在学校里，但平时基本没什么交流，所以叶同在饭桌上一句话也没说，只听到导师滔滔不绝的演讲和李如诗偶尔恭维几句向师姐多多学习的话。他清楚今晚的重点一定不只是这位学业有成的师姐，否则坐在李应身边的应该是李如诗，而不是自己。

果然，酒过三巡之后，李应又向大家宣布了一个好消息，原来这才是今晚的重点。李应得意地说道："同学们，前不久我签了一个很大的项目，对方是著名的跨国集团，就是总部在我们市的威岭集团。威岭大厦你们应该都知道吧，咱们市最高的那座建筑。"

说到威岭，大家都有所耳闻，这是一家具有传奇色彩的企业，只用了二十多年时间，就从一家小型的民营企业膨胀式发展到目前全球排名前 50 的跨国集团。但大家都不知李应和这家公司有什么瓜葛。

李应继续说道："上个月在一次会议上，我遇到了威岭的总裁百里川先生，会后他主动找到我，想合作智能机器人项目。前几天，我又找百里川先生谈了一下，把这个事情敲定了下来。威岭出资一千万作为科研经费，支持我们研发可实用的人工智能程序；至于制作机器人的实验室吗，威岭集团会在自己的总部另外投资建设，这一块的费用由威岭自己承担。”

叶同听明白了，原来威岭集团拿出的这上千万的经费只是给李应编程用的，最耗资的硬件部分由威岭自己掏腰包，怪不得李应这么兴奋，看来“气宗”的掌门在巨额经费面前也会做点“剑宗”的事情。

“百里川先生还有个要求，”李应继续说道，“从我们团队派一名博士到他公司的实验室做技术支持，待遇参照他们的实习员工，还有薪水哦。”李应说到这里时，斜眼看了一下叶同。

叶同暗叫糟糕，这能派出去的博士只有自己了，因为李如诗虽然是硕博连读，但毕竟现在还是硕士研究生。“难道导师想要清理门户?”叶同琢磨，因为他不敢想象导师能派什么好事给他做。

李应这时转向叶同说道：“我考虑了一下，叶同博士在机器人设计和制作方面很有天赋，就暂定派叶同去威岭吧。叶同你看如何?”

叶同双眉紧锁，一时不知如何回答，手里攥着手机，却收到了李如诗的短信，“还不快感谢导师。”

“哦，”叶同反应过来，“多谢李老师信任，但不知具体做些什么事情?”

“你到那边就算人家的半个员工了，具体做什么事情就听人家安排吧。”李应轻描淡写地说道。

“原来真是清理门户。”叶同暗暗地发着牢骚。

李如诗举起了红酒杯，说：“恭喜导师拿到大项目，也祝师兄前途无量。”

李应哈哈大笑，大家干杯。

饭局结束后，叶同故意走在后面，他拉住李如诗，说："师妹，你觉得这是件好事?"

"当然是好事，"李如诗翻了个白眼，"离你讨厌的人远远的，去做自己最喜欢的事情，还给你发工资，没准大老板看上你，毕业后高薪请你做人家的技术大总管，多好的事啊!"

"哦，按你这么说还是不错，"叶同木木地说道，"我是不太喜欢这里的人。"

李如诗停下脚步，怒目而视。

"当然你除外。"叶同知道自己说错了话。

听到这句话李如诗便笑着快步走开了。

六

三天后，一辆豪华的黑色商务车停在了叶同宿舍的楼下。叶同接到电话后一路小跑下楼。车旁站着一位标致的女子，穿着一身深蓝色商务套装，精致的短发，面带微笑。当叶同走到对方面前两步半的距离时，该女子立即上前半步，伸出右手，说："一定是叶同博士吧，我是威岭集团的总裁助理姬海静，你可以叫我海静。"

叶同也伸出手与姬海静握了一下，说："很高兴见到您。"

"请！"姬海静把叶同引上车，自己也一起上了车。

叶同第一次乘坐这么豪华的商务车，内部像个小型办公室一样宽敞。路上姬海静为叶同介绍了威岭集团的概况，三十年前创始人百里川从一个防盗监控设备公司起家，将其发展成今天业务遍及全球几十个行业的威岭商业帝国。其实，关于威岭的情况叶同早有了解，毕竟是著名的大公司。

由于专业习惯，叶同对人体的姿态格外敏感，面前端庄的姬海静，坐时脊椎与大腿垂直，小腿并拢倾斜 32°，双手叠放在右腿上，脸上的表情只有几个档位，平静、微笑 1 档，微笑 2 档，微笑 3 档，每一块肌肉的拉伸，好像都经过精确的计算。

“果然是大集团公司的总裁助理，这得经过多么严格的训练才能做到这个样子，连日常行为也如此标准和规范!”叶同心里暗暗感叹，“未来的智能机器人也许就是这个样子吧。”

“不好意思，”姬海静向叶同做了个打电话的手势，左手将头发向耳后一挽，露出了戴在左耳上的通信终端，“在路上，原定时间到达。”由于车上很安静，姬海静小声地说，同时左手挡在嘴边，以免对方误会自己在自言自语。

而后，姬海静放平左手臂，左耳上的通信终端在她的小臂和手背上投影出时间和行车路线以及目前的位置，接着她转身对无人驾驶控制台说：“邦 Sir，车速提高 5 公里。”

当然在车中根本感觉不到平稳的车速变化，叶同对姬海静耳朵上的这个高端实时通信终端很感兴趣，他以前在网上也了解过这类设备，这个小装置集网络、个人存储、语音通信和图像识别等功能于一身，但由于缺少指令输入手段，操作者不得不用手舞足蹈的肢体动作或者大量的语言来控制，显得有点狼狈。像姬海静这样从容地使用这种设备，叶同还是第一次看到，“也许她是用 5 个手指之间不同的角度组合来输入指令吧，”叶同心想，“这也需要经过魔鬼训练啊。”

大约半个小时之后，车停在了威岭大厦前。下车后，叶同仰望这座全市最高的建筑，他第一次离这座标志性建筑那么近，不免有些激动。

“请随我来，”姬海静引叶同进入大楼，“总裁在他的办公室接待你。”

姬海静边走边介绍集团总部的情况，“下面这几层是大型商场和餐厅，对外营业；中间这十层是集团的五星级酒店，也是对外营业的；再往上的几十层是写字楼，出租给其他全球500强公司使用；80层往上都是本集团的办公室，百里总裁的办公室在顶层。我们要换乘两次电梯到达。”

叶同一边听姬海静介绍，一边欣赏着现代化高层建筑的内部装潢，果然是本市的标志性建筑，到处都显示出奢华的高科技风格。

换过一次电梯之后，叶同来到了一个大厅。这里才是威岭集团的本部。美丽端庄的礼仪小姐排成一排，见到姬海静后整齐地行礼问好，叶同一下子觉得自己也高贵了起来。姬海静用了十几分钟时间才将叶同带到顶层，站在了神秘的总裁办公室门口，厚重的实木大门上浮雕着一个狮子头。

姬海静举起手放在门铃上，但没有马上按下，她抬起另外一只手看了一眼投影下来的时间，等了6秒钟之后才按下门铃。

“时间精确到秒！”叶同佩服极了。

大门慢慢地自动打开，叶同随姬海静一起走了进去。原来总裁的办公室是一个圆形大厅，这让叶同联想起圆形的机器人竞技台，如果在这里搞个比赛，绝对够高大够气派。办公室四周全是玻璃，整个城市尽收眼底，百里川的办公桌正对大门，背后是一个由地板延伸到天花板的硕大书架。办公桌后面坐着一位消瘦的长者，头发花白，两眼炯炯有神，注视着前方来者，此人正是威岭集团的创始人——百里川。

叶同走上前去，伸出右手恭敬地说：“百里总裁好，我是李应教授的博士生叶同。”

百里川坐着没动，也没有说话，依旧微笑着上下打量叶同。

叶同发现桌子的宽度远远超过两只手臂张开的长度，所以伸出一半的手又收了回来，站在那里。

“真霸气!”叶同心里想。

“我们一直在努力改造这个世界，但没有认真思考过是否合理，”百里川开口说道，“就像我大半生追求和梦想的智能机器人一样，什么才是智能机器人，能不能说说你的看法，叶同博士?”

“首先，看起来要像人吧。”叶同坚定地回答。

“呵呵，”百里川笑了笑，“李应怎么会收你做博士!”看来百里川对李应很了解。

“您批评得对，学生愚笨，还没学到导师的精华。”叶同低声说道。

“坦率地讲，你的确没有足够了解你的导师，他在人工智能领域上所做的，比我们知道的要多。”百里川的语气变得严肃起来。

听到这句话，叶同突然感到内疚。这两年他只关注了导师的缺点，而对导师的学术精髓的确知之甚少。

“就像两条腿行走的机器人一样，看起来很美，而事实上，”百里川退了一下椅子，继续说道，“用四条腿走路更科学，而且成本更低。”

“是的，”叶同说道，“用两条腿站立或行走，需要一套额外的平衡控制系统，这是人类自身的选择，机器人之所以叫机器人，而不是叫机器野兽，也正因如此。”

百里川点点头，说：“几百万年前，我们的祖先做了一个重大的决定，用后面两条腿支撑全部的身体重量，目的是解放出上面的双手，因为它们可以制作和控制工具，这比进化身体其他器官更快，成本也更低。但他们也在站立和行走方面付出了巨大的代价。”百里川举起双手摇了摇，说：“但我们相信创造工具可以弥补这些生理缺陷，所以我们的祖先用了几十万年的时间学习直立行走，或许更长。”

说到这里，百里川将手支在桌面上，费力地站立起来。“在这段时间里，我们的身体也在缓慢地变化，以适应我们很久以前所做出的决定，这算是生物进化吧。但没有再长出更多的两条腿用于身体的平衡和行走。对于一个物种来说，进化器官的成本过于昂贵，所以我们宁愿在软件上多花点功夫，学习和习惯用两条腿走路。”百里川指了指自己的脑壳。

说着，百里川离开办公桌，走向西面的玻璃墙，让叶同惊讶的是百里川严重的跛足。他右手撑着一根手杖，一步一摇地走着，像一个身受重伤走向刑场的战士，走得坚毅、惨烈。

百里川走到窗边，把左手扶在玻璃墙上，深沉地眺望着这座城市，说：“现在看来我们是对的，你目之所及的一切，都是我们用双手创造的。我们用工具征服了这个星球，把选择进化尖牙利爪和肌肉的对手远远地抛在身后。”

百里川拄着手杖转过身，面对叶同，说：“你看，即使处于高度文明和科技发达的今天，也无法解决我的行走问题。这就是人类本身的缺陷，有机生命体的缺陷。而机器人不同，它们的器官进化不需要漫长的时间，可以随时改变自己的结构，甚至是芯片。”

“这个世界是它们的，”百里川的口气像是在宣布一项重大决定，“机器人才是更完美的生命体，至少比我们优越。”

“但机器人仍是人类的工具。”叶同说道。

“那是在机器人获得智能之前，”百里川说，“之后的历史，由它们去书写。”

“这有点科幻。”叶同嘴上这么说，但内心深处在仔细思考着百里川刚才的话语。

“叶同博士，让我们拿出激情，为这个伟大的时代做点什么吧！”百里川的语气变得轻松了一些，“你的资料我了解过了，相信叶博士能够为机器人做出一具完美的躯体，工作室就设在这幢大楼内，我很少在总部，我的助手姬海静全权负责总部的业务，由她配合你的工作。在威岭集团，她的协调能力比我强。”百里川指了指一直站在叶同身后的姬海静。

“您过奖了！”姬海静谦虚地低了一下头，“时间差不多了，飞机已经准备好。”

这时从楼顶传来了飞机的引擎声。

三人一同走出总裁办公室，百里川乘专用电梯去楼顶的停机坪，姬海静继续带着叶同参观正在筹建中的工作室。

没有坐电梯，姬海静带叶同走楼梯下了一层，这里是集团办公总部，这一层的工作人员直接由姬海静负责。见到姬海静大家纷纷起立问好，姬海静示意大家继续工作。

姬海静对叶同说：“平时我在这里办公，你有事可以找我。”然后两人继续走下一层。

“这层楼是集团的研发部门，威岭的所有核心技术都是在这里诞生的。”姬海静继续向叶同介绍：“集团正式的员工分为8级，研发人员比同职位的其他人员高一个级别，重视科研人才是集团一直坚持的原则。叶博士以实习研究员的身份在公司工作，享受5级员工的待遇，工作证件稍后会给你送去。”

“5级员工是什么待遇啊?”叶同有点不好意思地问。

“集团内部吃住免费，每个月五万八千元，加班另算。”姬海静答道。

叶同暗喜薪水还不错。“那过了实习期正式入职的研发人员，待遇会再高点吧?”叶同带着学生特有的幼稚继续关心待遇问题。

“嗯，薪水翻倍，总部的正式技术研发人员从四级员工起步，”姬海静平静地说道，“一级员工是屈指可数的董事会成员，他们决定着集团的发展方向；二级员工是遍布全球的区域经理人和总部的业务主管，他们是具有实权的执行者；三级员工是子公司的负责人和研发团队负责人，是集团的骨干。”说到这里，姬海静转头看了下叶同，以判断是否继续介绍这枯燥的等级制度。

叶同调整了一下刚才略有失态的表情，问道：“海静你是几级员工?”

“我?”姬海静笑了笑，说：“没级，可能是百里总裁忘了吧。”

叶同心里想：“那就是超越所有等级了。没拿人家钱的时候就是尊贵的客人，拿了钱之后就是人家的小员工了。钱也不是个好东西。”

姬海静带着叶同又下了一层楼，这里非常空旷，她指着一间独立的办公室对叶同说：“这间已经装修好的办公室就是你的，这一层准备做智能机器人工作室，目前已经搬空，如何装修，要购置什么设备由你来定，我会从集团研发部抽调一些技术骨干来配合你的工作。”

叶同很满足，他不但有了自己的实验室，还有专门配备的专业助手。但同时压力也随之而来，他问道：“你们建设工作室的预算是多少？”

姬海静说：“集团重点建设这个项目，目前预算不封顶，你只需列清单即可，我会全力配合。不知你什么时候可以开始工作？”

叶同说：“我想用两天时间列出工作室的规划和设备材料清单，等工作室装修完毕就到位工作。”

姬海静满意地点点头，然后送叶同离开了威岭大厦。

叶同回到学校后，马上查阅资料，连夜加班做好威岭集团智能机器人工作室的规划方案，在约定时间之前发给了姬海静。很多设备和材料都是平时他想都不敢想的天价货，叶同也毫不犹豫地列了出来，他想顺便看看威岭集团的实力和诚意。

6个小时之后姬海静回复了叶同，对一些设备的型号进行了详细的询问，叶同不得不佩服大集团的专业水平和工作效率。

一周之后工作室建成，从硬件条件上看，它绝对达到国际一流水平。

叶同的新生活开始了。

七

“我的机器人要有脉搏、能呼吸、有体温、会微笑，还有一双晶莹剔透会说话的眼睛。”

叶同很快进入角色，他发现在公司制度下的团队效率极高，几个科研助手毫无保留地去执行叶同的决定，作为团队的带头人，叶同也感到了责任的重大。一个科研工作者，拥有顶尖的实验环境和执行力超强的团队，以及强大的资金支持，自己的工作也得到重视和认可，可以说是别无所求了。

叶同废寝忘食地工作，每周在威岭大厦吃住 5 天，每晚加班到深夜；周末回到学校自己的实验室，一样地忙碌。

他每次回学校时，都利用职务之便将公司内用于制作机器人的高级材料和器件带出一部分，“读书人窃书不算偷”，叶同这样宽慰自己。其实，叶同这样做有另一种考虑：他目前的工作极具挑战性，没有现成的经验可借鉴，有些技术要先在学校实验室尝试一遍，再回到公司去具体实施，以提高自己在公司内决策能力的观感，同时节省公司的人力成本。如果说叶同一点私心都没有的话，是不可能的，毕竟学校实验室的机器人是自己的，而公司的机器人是威岭集团的，叶同的汗水留在威岭大厦，而情感却留在了他的仓库里。

“按照行业标准，任何产品都是要留备件的，我只是先将备件组装起来，降低备件的空置率。”叶同还是要为读书人的高洁找个合适的说法。

李如诗知道叶同周末会回学校实验室，所以经常去找叶同。每次叶同都是一边工作一边和李如诗闲聊几句，聊天内容总离不开技术问题，李如诗感到很失落。但李如诗清楚叶同有重大的项目在肩上，只好支持叶同的工作。

一个月之后的一个周末，李如诗又来到了叶同的实验室，惊讶地发现，叶同躺在一个女孩的怀里睡着了。李如诗走近仔细观察，原来机器人已经被叶同装上了人工皮肤。这是一种很昂贵的材料，机器人的外观和李如诗几乎一样。这让李如诗有点脸红。

李如诗故意弄出响声，惊醒了叶同。他站起来揉揉眼睛，看到李如诗，不好意思地说：“本来想休息一会儿，没想到睡着了，师妹看看我的作品，漂亮吧?”

“怎么又和我长得一样啊?”李如诗问道。

“哦,”叶同说，“手头上只有你的3D数据，还是上次机器人运动会时做的，就先拿来用了。这套数据做出来的效果很漂亮吧。”

李如诗心里也美美的。她摸了一下坐在地上的机器人，惊叹道：“哇，果然是有钱人的作品，这皮肤比我的还好啊，不过摸起来冰凉得像具尸体。”

“会有体温的，我会将散热系统装置在皮肤下面，到时候她就像真人一样具有37℃的体表温度,”叶同自豪地说，“其实最贵的是她的眼睛，高分辨率超光谱摄像头，定制成眼球形状，二百多万一个呢。”

“怎么感觉两只眼睛有点不一样啊？”李如诗观察得很仔细。

“嗯，另外一只眼睛是普通的摄像头，只是配合双目识别成像用，我不好意思再去威岭多拿一个贵的了。”说到从公司拿出器件，叶同还是有点心理障碍。

“我说你怎么没时间找我了，原来这里有个小美女陪着你啊！”李如诗一边仔细端详和自己长得一样的机器人，一边挖苦叶同。

叶同赶紧打圆场：“我也很想念师妹，所以才把她做成你的样子啊。”

李如诗继续绷着脸说道：“不是说是用我的 3D 数据做的吗，她的腰怎么比我的细，腿也比我的长？”

“哦，毕竟是机器人，腿长是经过科学计算的，便于行走时的机械传动和姿态控制，”叶同支支吾吾地说道，“至于腰，你的是粗了一点。”

当即气得李如诗随手捡起一块电路板就要摔向叶同。

“不要！”叶同大喊，“面部表情就靠那块电路板了，你摔过来她就面瘫了。”

李如诗放下那块电路板，气呼呼地说道，“你为什么不给她穿衣服，机器人也是有尊严的，难道你动机不良？”

叶同知道李如诗在无理取闹，只好应付说：“是啊是啊，请师妹先贡献出一套旧衣服吧。”

“我的腰这么粗，她穿我的衣服怎么会合身，你还是去买新的吧！”李如诗说完，便气呼呼地走了。

叶同追到门口，看李如诗去意已决，便道了声别，回到实验室。

“是啊，”叶同叹了口气，“在硬件上，人类的进化和机器人怎么能相比，腿长点算什么。”他找了块废旧的窗帘盖在机器人身上，“只要她愿意，一夜之间双腿就可以变成履带或轮子，双手就可以变成机枪大炮。”

叶同再次回到威岭大厦，姬海静通知他去面见百里川。自从上次辞别后，叶同就一直没见过百里川。

还是在顶层的圆形办公室，叶同发现百里川的桌子对面多了一把椅子，很显然是给自己准备的。

百里川示意叶同坐下，他说道：“我出差回来后看过了工作室和机器人的进度，你的工作很出色。”

叶同说道：“这都是姬海静的功劳，我只是在技术上做了点事情。”

“很好，”百里川笑着说，“战前不怕死，战后不邀功，有胸怀啊。”

“您是说……”叶同疑惑不解地琢磨着百里川刚才的话。

“没错，敢站在一台射箭机器面前百步，当众受一箭，面不改色。你难道就不怕射偏了？”百里川问道。

“我自己亲手做的机器、编的程序，反复试验过了，不会射偏的。”叶同答道。

“够自信啊年轻人，难得。”百里川继续说道，“遗憾的是现在这个社会越来越不需要激情和自信了。就像我一手创办的这个企业一样，当年创业的时候，需要的是洞察力、灵感、判断力和无畏的勇气。而现在，一个企业的发展，依靠的是大数据，信息收集得是否全面，分析得是否透彻，连管理也充斥着科学和技术。而这些工作大部分都依赖计算机去完成。”百里川说到这里，椅子转了个角度，面向西方。

叶同听到百里川谈创业，不忍打断，他顺着百里川的方向望去，西边的玻璃墙有块地方略有污浊，从高度上判断，应该是百里川经常站在那里眺望远方，左手扶墙留下的痕迹，就像他们第一次在这里见面时的场景。

百里川继续说道：“人的可贵之处就是不放弃自己的理想，我也在努力地做好这一点。你工作室所在的那一层，之前就是我的私人科研实验室，不管有多忙，我总会抽出一些时间，亲手做一些装置，做一些试验，这是我年轻时的梦想，我的梦想也是做机器人。”百里川又转过身，“这么多年来也没什么进展。你看，人生充满了无奈，当你有理想的时候，为了生计不得不去做一些和理想无关的事情。而当你有了足够的条件来实现理想时，却身不由己，为名利所累，而时间不会为任何人停留。从这点来看，我很羡慕你，能在青春年少时点燃自己的热情，全力去做理想之事。相信我，多年之后你会感到满足，无论成功与否。”

叶同对面前的这位长者肃然起敬，作为一个成功的企业家，百里川倒更像是一位学者。

叶同谦虚地说道：“我能有今天这样的施展机会，应该感谢您和我导师的栽培。”

“哈哈，你的导师听到这句话一定很高兴，”百里川说道，

“说到你的导师，李大教授的表现可比你差远了，前几天他向我介绍了一下人工智能程序的进展，按照他的这种做法，这程序只能用在人机互动玩具上，和真正的人工智能还有很远的距离。看来你的导师是舍不得把好东西拿出来啊。”

叶同心里说，也许不是舍不得拿出来，而是根本就没什么好东西。但他不能在外人面前说导师的坏话，只好保持沉默。

“我很欣赏你，以及你的工作，请继续下去，”百里川说道，“除了项目之外，如果对集团有任何看法或建议，我都很高兴你来和我探讨。”

叶同有些受宠若惊，但他知道这次的谈话时间快结束了，他向百里川告辞，走出了办公室。

叶同回到楼下自己的工作室时，姬海静在等他。

“海静，A 国最近研发出了一种电磁肌肉，性能很好，详细信息我已经发给你了，如果能买一批回来最好，我想用这个把机器人身上的电动马达全部换掉。”叶同说道，“如果价格太贵的话，就少买点，我们自己学着做一批试试。”

“马上去办，还有什么需要?”姬海静问。

“对了，”叶同突然对威岭集团的运作感兴趣起来，“总裁很少回总部，现在你这个大总管又围着项目的事情团团转，这么大的公司怎么运作啊?”

姬海静笑了笑，说：“其实，集团的管理和你的分布式变量权限控制系统道理一样啊，集团就像一个机器，有区域划分也有行业划分，而且都有各自的负责人。集团有多套管理制度，在特殊情况下集团会收紧权限，下面的负责人严格执行集团的具体指令；在一般情况下，集团将权限分级下放，各个部门自主运作。比如现在，集团就像无人驾驶的车辆，各个部门自主运行。百里总裁这段时间要拜访各国的首脑和大客户，算是度假吧。我协助你做项目，也算是度假了。”

叶同听到姬海静说到像度假，有点不好意思，觉得让姬海静协助自己有些大材小用。叶同问：“我的控制系统你也了解啊？”

“嗯，听百里总裁讲过，”姬海静说道，“百里总裁年轻时也是技术人员，这些年一直忙里偷闲亲自动手做一些小装置。他说你是个难得的人才。”姬海静微笑地看着叶同。

“百里总裁过奖了。”叶同心中又对百里川多了一分敬意。

八

叶同回到学校的实验室，发现门开着，他小心地走到门口张望，看到了令人吃惊的一幕。李如诗和她的双胞胎机器人正面对面坐着。

李如诗看到叶同回来，神秘地一笑，没有说话，机器人说了一句：“叶同，你回来了。”

叶同惊讶地看着机器人，又看了看李如诗，问：“这是怎么回事？”

李如诗仍旧笑而不答，机器人继续说道：“如诗希望你待在学校的时间能多一些，所以让我有了人工智慧，也许只有这样，如诗才能多看你一眼。对了，我叫叶问香。”

“叶问香！”叶同嘴巴都合不住了，“名字都起好了！你，哦，你们背着我都做了什么啊？”

李如诗终于开口了，说：“考虑到你创造了问香的肉体，而我给了问香灵魂，所以我用了你的姓给她起名字，这也算合理吧。”

叶同快要抓狂了，他双手合十，对李如诗说：“师妹，我想单独和你谈谈。”

李如诗转头对叶问香说道："问香，请关闭系统。"

叶问香："收到关闭系统指令，请输入确认口令。"

"每片叶子都是不同的。"李如诗说道。

叶问香坐在椅子上，头微微向后一靠，闭上眼睛不动了。

叶同走到叶问香身边，从头到脚仔细观察了一遍，除了身上多了一套李如诗平时穿的衣服，其他没有任何变化。

"师妹，能不能详细点从头说起，这到底是怎么回事？"叶同诚恳地问李如诗。

"看来你是学业不精，导师的精华你都没学到。"李如诗说道。

叶同吸了口冷气，难道导师真如百里川所说，掌握着人工智能的核心技术，叶同说："导师的三楼圣地只有你一个人能进，难道真的有什么武功秘籍在里面？这叶问香是不是真的具有了人类智慧？"

李如诗说道："是的，计算机真的可以具有自主智慧。我在三楼实验室做了个种子程序，装在了叶问香的主机里，很顺利地启动了，并彻底自我改写了操作系统。这种人工智能种子程序有点像婴儿成长的过程，思维方式和性格的形成需要花费较长的时间，而知识的学习则比我们人类快很多。我把大学本科的几个专业知识库也装进去了，她应该算是工科生吧，准确点说是计算机专业。你不在学校的这几天，我一直陪她聊天，给她讲一些做人的道理，希望她像我一样善良。"

"我的亲师妹！"叶同既焦虑又惊喜，"这可不只是一台电脑，它是一个活蹦乱跳的机器人，这样做不会有问题吧？导师知道这件事吗？"

李如诗听到这个问题有点紧张，说："千万不能让导师知道啊，他一定会把我们开除的。据导师说，现在这个世界上只有一台电脑具有自主智慧，就在他的三楼实验室，所以才管理得这么严格。"

叶同自从在威岭集团兼职以后，心智和责任感长进了很多，他觉得李如诗的做法有些任性，但想到叶问香说这是为了让自己多回学校，不免心中带有歉意和感动。

"师妹，"叶同握住李如诗的双手，"你告诉我，我们能不能把这件事情控制在安全范围内？"

李如诗点点头，说："智能指令分为三级，最高级指令权限在我这里，问香虽然具备思维能力，但无权修改高级指令。导师叮嘱过，三楼实验室那台电脑绝对不能上网，我想那也不能让问香上网了，一定要记住这一点。"

叶同说："幸好我还没有给她装无线网络接口，她不会自己到处乱跑吧？"

"那就看你管得严不严了，不过她的肢体驱动系统还没有启动。"李如诗说，"我不太懂硬件，问香说她已经检测到了所有驱动电机的通信接口，但不敢尝试驱动，怕站不稳摔坏了，想等你在场的时候做这个试验，因为你清楚她身体上的每一个细节。"

"好吧，她还真够聪明的，"叶同说，"她要是像你一样任性，恐怕要天下大乱了。"

"你说我在捣乱是吧！"李如诗又耍起了小脾气。

叶同说："哪敢哪敢！师妹做事都是大手笔，我哪敢指责你啊。感谢你带来的椅子，真豪华，还是真皮的。"

李如诗告别叶同，离开了实验室。

九

叶同："叶问香，启动系统。"

叶问香："收到启动系统指令，请输入确认口令。"

叶同："每片叶子都是不同的。"

叶问香睁开双眼，看着叶同。

叶同第一次被有生命的无机物凝视着，有一种异样的感觉。他说："问香，请说说你现在的基本状态。"

叶问香："我能思考，但感觉不到自己的存在。我接通了摄像头和声音传感器，语音是我自己合成的。"

叶同："你现在只是一个程序，甚至无法感知运行这个程序的主处理器芯片，这很正常，我们人类也无法感知自己的大脑。当我把十几万个传感器的接口连上，你就可以感觉到自己的身体了。而且我还要更换你的驱动系统，用一种像我们人类肌肉一样的东西来驱动你的骨骼，到时候你便可以行动自如。"

"好，"叶问香说，"现在能开始吗？"

叶同点点头，说："但没有那么快，这是一个很复杂的过程。"

叶同怕被人打扰，于是先把实验室的大门锁上，再打开从公司带回来的工具包。他对叶问香说："我要开始工作了，先将你关机。"

叶问香说："不要关机，在线调试吧，我也想了解一下自己的身体。"

叶同想了想，这在技术上也是合理的。他脱下叶问香的衣服，从身体侧面打开了密封拉索，将仿真皮肤打开，像是打开又一层衣服。

叶同一边工作，一边和叶问香聊天，像一个有经验的外科医生，努力分散病人的注意力，以降低病人的疼痛感，但叶问香现在还不知疼痛为何物。

"问香，"叶同问，"你是如何保存记忆的？你的存储器虽然很大，但毕竟是有限的。"

叶问香说："我想和你们人类应该是一样的，学会选择性地忘记大部分信息，然后把留下的信息高度压缩成简短的字节。"

叶同问："我们是这样记忆事情的吗？"

叶问香答道："比较类似吧，你们人眼的分辨率很高，看到的图像其实容量很大，但无论你看到什么，只要闭上眼睛，大容量的图像信息便会消失，留在你脑子里的只有一些可以用词语来描述的需要记住的信息。就像你小时候一次难忘的生日宴会，你现在只能用一些语言来描述，而这些语言的存储量很小，要是将那次宴会写成一本小说，它的绝大部分内容其实是在那些零散记忆基础上，用生活经验和想象去扩展出来的。"

叶同停下手中的工作，抬头问："一些绘画者可以将自己看到的景物用记忆和画笔还原出来，又怎么解释？”

叶问香：“想必他们记忆的也是一些关键点的位置、形状和颜色，但也是字节水平的记忆容量，这种技能也要靠训练。”

叶同琢磨着刚才叶问香说过的话，又开始低头工作，说：“你挺了解我们人类的，都是从哪知道的？”

“李如诗，”叶问香说，“我们约定不隐瞒任何问题。”

“是吗？”叶同一边接插头一边说，“那你说说，她怎么给你起了这么个俗气的名字。”

叶问香：“如诗说，问香是女孩子的名字，我跟你姓叶，你就会把我当成妹妹。”

“妹妹？”叶同又停下了手中的活，“也只有她才有这些鬼点子。”

叶问香问：“手足感情是不是最深厚？”

叶同继续工作，说：“那你告诉我，什么是感情？”

叶问香：“就是永远在一起。”

“没那么简单，”叶同站起身，“有些人为了感情在一起，也有些人为了感情离你而去。”叶同把工具丢进箱子里，拿起一张打印得密密麻麻的表格伸到叶问香面前说：“头部做好了，这些是你脑袋上所有传感器和驱动元件的物理地址，所有文字你都能识别吧。”

叶问香看了一眼，十几秒钟后她扭动了几下脖子，仰起头，露出一个微笑。叶同永远无法忘记那张笑脸，笑容如此清澈，只有最洁净的灵魂才能拥有这样纯洁的笑容。

“还不错！”叶同满意地点点头，说：“后面还有很多工作要做，下一步先接通你的双手。”

“为什么先接双手？”叶问香问。

叶同笑了笑，说：“因为我需要帮手。”

两个小时之后，叶问香的双手可以活动了，她把手举在眼前，仔细地观察着，说：“你们人类真奇怪，为什么每只手的手指是奇数？”

“一定有它的道理，你习惯一下吧，”叶同说，“双手的运动控制系统最复杂。它会占掉一部分主 CPU 的运算量，其次是你的双腿。”

“为什么会这样？”叶问香问。

“这是我们人类器官进化的经验，”叶同答道，“比如说心脏，我们已经不能主动控制这个器官了，它的收缩频率和压力由独立的控制系统去完成，根据身体的内部参数来确定运行状态，我们管这叫植物性神经，这种方式更可靠、更准确。而呼吸则是一个过渡性的控制方式，我们在睡觉的时候会自动呼吸，专注做其他事情的时候不用刻意控制呼吸，但也可以主动控制呼吸，主系统和独立系统对呼吸的控制权限是可以根据需要改变的。其他器官也一样。你也一样。”

叶同继续说：“我们用了几百万年的时间来进化这套系统，而你今晚就可以拥有。帮我拿住这个手电筒。”叶同把小型聚光手电筒交给叶问香，说：“双手不一样，我们用双手来处理这个世界上一切未知的、多变的、复杂的事物，所以，它们的控制权还是交给聪明又冲动的大脑。”叶同完成了叶问香的上肢部分，做了一个深呼吸，说：“希望你能控制好自己的双手，创造你的新世界。”

“那我的心脏你怎么处理？”叶问香问。

“和人类的差不多，一个脉动的液压泵，”叶同继续检查线路接口，“这样你也会像人类一样有脉搏的跳动，但血管里流动的液体和我们的不一样，你的是冷却液，负责将各个芯片和电磁肌肉产生的热量带到皮肤表面释放掉，这样你的内部才不会因温度过高而发生故障。而且，你的冷却液被染成红色，这样更像人类。”

叶问香说：“那只有流血的时候才能被看到这些液体是红色的。”

“没错，”叶同自豪地说，“更美妙的是，你的冷却液中有氧化凝固分子，一旦皮肤损坏引起血管破裂时，红色的血液流出，遇到空气后，会缓慢地凝固，就不会发生血流不止这种情况。你看，几乎和我们人类一样了。”

“那更快速的凝固会比缓慢凝固更安全吗？”叶问香问。

叶同说：“并不是这样。氧化凝固分子过多或者反应过于迅速，容易在体内凝固，对于我们人类来讲，这种现象叫血栓，比较危险。所以你的伤口过于严重时，一定要做物理止血处理，降低冷却液泄露的流速，直到伤口凝固，否则会失血过多。以后要注意保护自己不要受到伤害。”

“你是把人类的进化缺陷和局限性也加在了我的身上。”叶问香说。

“即使这样，人类也不一定会接受你。”叶同说，“还不止如此，我还给你做了呼吸系统，当外界温度接近体表温度时，由于温差过小而不能有效地散热，这时就可以通过肺部收张，用空气来交换热量，里面的温度可以高一些而不被别人察觉。”叶同说到这里有些自豪，“本来可以一个鼻孔进气、一个鼻孔出气，这种连续的风冷系统效率虽高，但不符合人类的审美观，我还是给你做了一个全进全出的空气交换系统，这样你就有了和人类一样可起伏的胸膛。顺便说一句，你剧烈运动的时候也会气喘吁吁、汗流浃背。”

“汗流浃背？”叶问香问，“需要流水吗？”

“当然需要，”叶同说，“你体内有一个纯净水储水罐，微量水泵会把水压到你的汗腺，汗腺是人类的说法，在你身上就是一些很细小的排水孔，分布在不被察觉的头发区域边缘和腋下，当体表温度过高时这些水泵就会工作，水分在皮肤上蒸发的时候会带走很多热量。这个储水罐就在你胃囊的旁边。”

“我还有胃囊？”叶问香不解地问。

“实际上是一个纯净水过滤装置，你喝下的水会先存储在胃囊里，经过过滤之后才会进入你的储水罐。”叶同解释，“所以，今后有人请你吃饭的时候，你也可以装模作样地胡吃海塞，但要及时清理胃囊，不然时间久了食物会变质。”

“所以说，我要像人类一样，需要经常补充液态水。”叶问香说。

叶同说："是的。这些水除了为你降温之外，还有一部分送往你的眼睛和嘴巴。眼球上的水分，除了有润滑作用之外，还可以将灰尘溶化，你可以通过眨眼动作，将这些污垢清理到下眼皮附近，积累多了需要每天清理干净。至于嘴巴里的水，用处不大，只是为了让你开口说话时口腔湿润，看起来更像真人。"

"那这些清理工作如何完成？"叶问香问。

叶同撇撇嘴，说："目前只有我来做了，不过今后你要学会自己做才行。不止这些，还有皮肤保养、头发护理什么的，以后慢慢教你吧。"

叶问香说："那每天要花费很多时间做这些事了。"

叶同笑着说："很正常的，人类也一样，女孩子每天在外表上花费的时间不比你少。李如诗没告诉你什么叫化妆吗？"

叶问香说："没有。"

"哈哈，"叶同笑了，"看来她还没到化妆的年龄。"

"身体内部有这么多的水路，我担心电源系统会短路。"叶问香说。

"放心吧，内部所有水路都做了良好的密封和绝缘处理，你的身体外部也是绝缘的，没有一个电气接口，但还是要避免遇水，防止发生意外。"叶同自信地说，"在我出生的那个年代，流行一种叫 U 盘的移动存储器，需要插在电脑主机上使用，当时的机器人身上留着许多接口，方便通信和外接存储器，很难想象那种恐怖的视觉效果。"

"我的无线数据通信终端在哪里？"叶问香问。

“在你的手掌心。”叶同说，“硬件的协议是我自己编写的，还没有给你装驱动程序。”

“为什么不先做好这个环节，省得你打印东西给我看。”叶同香说。

“目前还不行，”叶同摇摇头，神秘地说，“外面的世界很危险，我说的是计算机网络。”

而事实上，叶同当时还不清楚计算机网络真正的危险在何处。

十

叶同作为一个工科博士，像创作艺术品一样地为叶问香组装和调试。在叶同的精心调试下，叶问香的身体机能逐步完善。

李如诗的愿望实现了，叶同现在每天下班后就往学校跑，但他仍旧没时间陪李如诗，而是把时间花在了叶问香身上，李如诗只好主动跑过去看叶同工作。

又是一个周末，李如诗来到叶同的实验室，看到叶同把实验室内所有桌角和其他坚硬的边角都用塑料泡沫包了起来，好像家中有个学走路的婴儿似的，李如诗猜想叶问香要准备尝试最后一个环节了，那就是行走试验。

李如诗说："师兄，你真是一个细心又体贴的父亲啊。"

叶同愁眉苦脸地说："不是兄妹吗？怎么又变成父女了。"

叶问香在一旁笑。

叶同说："你来得正好，搭把手，问香准备尝试行走了。"

"以前做行走试验也没见你这么紧张过。"李如诗说。

叶同凑过去，悄悄地对李如诗说："问香和以前的机器人不一样，她满身都是名牌，太娇贵了，摔不起的。"

叶同转身对叶问香说："问香，将全身的驱动元件物理地址和通信协议再核对一遍，今天我们要学会走路。”

叶问香坐在椅子上动了动双腿，双手扶住椅子把手想站起来，叶同和李如诗急忙上前，一左一右扶住她。

“不要扶我!”叶问香说，“我想自己试一试，走出这第一步。”

叶同和李如诗都很欣慰，叶问香如此看重这第一步，是智慧和情感的表现。在两个人四只手的环绕下，叶问香摇摇晃晃地站立起来，一分钟之后，叶问香稳稳地站在了叶同和李如诗面前。

叶同走到叶问香前方两米的地方，伸出双手，激动地示意叶问香走过来。

叶问香抬起双臂保持平衡，迈出了第一步，这是人工智能的第一步，也是人类科技飞跃的一大步。

叶问香双眼紧盯着地面，摇摇晃晃地向前走着，叶同一步一步往后退，大约走了十米距离，实验室到尽头了，叶问香扶住了叶同的双手，抬头露出一个微笑，李如诗也跑过来，三个人高兴地拥抱在一起。

“太好啦，”叶同说，“第一次试走就可以走这么远，今后几天坚持练习，很快就会和人类一样自如地行走了。”

李如诗宣布：“师兄你负责训练问香的自理和自我修复技能，我负责教授问香生活常识。我们人类社会又多了一个新成员。”

叶同命令叶问香保持站立姿势，说：“问香，检查一下内部参数的情况。”

叶问香答：“电源监控系统正常，机械系统正常，冷却液温度升高0.8℃，只是……”

“只是什么?”叶同问。

叶问香说："运动过程当中，主处理器负荷很大，我检查了一下，视觉图像处理系统占用比例最高。"

"我说刚才你的眼睛怎么看起来有点呆滞，"李如诗说，"问香的双眼是分辨率很高的摄像头，刷新频率也很高，而图像信息又需要实时处理，当然要占用大量内存和处理器的运算量了。"

叶同想了想，一拍脑袋说："我知道了。问香，你将双眼看到的图像做以下处理：图像正中央的面积保留原始像素个数，外围面积的图像逐步减少有效像素点，就是把相邻的几个像素点合成一个像素点，越靠近图像的边缘像素压缩比例越大，这样可以大量减少每帧视觉图像的容量，处理起来会快很多。"

李如诗问："我们人眼是这样吗？"

叶同说："其实我们也一样，观察事物细节的时候，我们也只能用视线中间区域，就像我们读书时，眼睛只能一行一行地逐字去看，这是同一个道理。"

叶问香说："那我必须更频繁地转动眼球了。"

"没错，"叶同说，"这样你就有了一双会说话的眼睛了。两个人交谈时，为了确认对方是否在注视自己，只能用眼睛去看对方的眼睛来核实。当两个人都希望自己被对方关注时，目光便交汇了。人类就是如此。"

李如诗惊叹道："师兄，你果然是天才，人与机器之间被你解读得已经没有了距离。"

"别夸我了，按照你宣布的计划，我们还有很多工作要做呢。"叶同说。

叶同不在学校的时候，将叶问香交给李如诗，让她教叶问香做人，或者说做一个女人。为安全起见，叶同将仓库的机械门锁换成了只有自己有的电子密钥。虽然机械门锁换成了更加安全的电子锁，但对一些人来讲，却是天下无锁，比如计算机软件顶尖高手李如诗，所以叶同把电子密钥给她是多余之举。换锁的另外一个目的是防止叶问香外出，对于叶问香来说，这个世界还太危险。

每当叶同通过外部指令关闭叶问香系统的时候，叶问香总会悄悄地望一眼这个仓库高高的窗户，想象着外面的世界，那些未知的精彩和无奈。

十一

叶同如往常一样，在工作日继续去威岭大厦上班。他有意地将公司的几台机器人制作进度放慢，叶同隐约感到导师不拿出真货交给威岭集团是有原因的，但这些只是猜测，好在目前还不到项目合同规定时间的一半。

姬海静对项目的进展速度变化也有所察觉，她主动找到叶同谈技术问题，叶同的解释是机器人进入到技术攻坚阶段，需要花费更多的时间，而姬海静没有怀疑。殊不知，叶同学校实验室的智能机器人已经在学习如何融入人类社会了。

一个周五的下午，在威岭大厦的工作室，叶同正在准备将冷却系统装配到机器人身上，以打消姬海静对进度的怀疑。他接到了李如诗的电话，李如诗约他明天逛街购物，而且要带上叶间香。叶同高兴地答应了。

叶同下班后第一时间赶回了学校，他要为叶间香的第一次外出做好充分的准备。叶同不期待他人能够接纳智能机器人成为人类社会的一分子，但至少不应只将其作为人类的生产工具。他想让叶间香拥有正常的生活，得到应有的尊重。这一天叶同等了很久，那一幕也幻想过很多遍：叶间香走在人群熙攘的街头，渐行渐远，消失在人群中。

此外，叶同已经领到了几个月的工资，和以前做穷学生的时候不同了，现在他可以大大方方地消费一笔。平时忙项目，叶同还没有请李如诗吃过一顿大餐，也没给她买过礼物，他决定这次要好好犒劳一下平时给他莫大支持和鼓励的小师妹。

第二天叶同来到实验室时，李如诗正在和叶问香聊天，两个人有说有笑，像一对好姐妹。

叶同一边放下背包一边自言自语地说："如果一台计算机能够通过中介设备与人展开对话而不被识别出机器人身份的话，那这台计算机便具有人工智能。"

叶问香说："图灵测试。"

李如诗笑道："师兄你应该是'剑宗'门派的，怎么念叨起我们'气宗'的名言名句了？"

叶同走到叶问香面前，说："如果一个机器人站在你面前，而不被识别出机器身份的话，那她就是人类的一员。"

李如诗说："伟大的叶同测试喽。"

叶问香："但与人类相比，我的确不同。"

叶同双手揽住叶问香的肩膀说："我们每个人都有所不同，但都有自己的作为，所以每个人都是平等的。记住，问香，你和我们一样，只是有一点点不同而已。"

李如诗说："那你就赶紧告诉她那一点点不同是什么吧，我们马上要上街了。"

叶同笑着看了看李如诗，又转过头面对叶问香，说："问香，你的左眼可接收到的光谱更宽一些，所以瞳孔略带蓝色，与右眼的黑色瞳孔略有不同。当和别人面对面聊天时，要习惯多微笑，笑容可以分散对方的注意力，使对方的注意力不全放在你的眼睛上。”

叶问香点点头。

叶同继续说：“女孩子不要主动和别人握手，但也不要每次都拒绝。”

“好了好了，”李如诗打断了叶同，“淑女培训我已经给她讲过了。”

叶同叹了口气，好像有一种嫁女儿似的纠结，他对李如诗说：“鉴于你们两个长相太过相像，我建议如诗把头发扎起来，再戴副太阳镜吧。”

李如诗爽快地答应了，说：“正合我意，出发吧。”

三个人步行出发，计划乘坐公共交通工具到商业中心。他们在校园里遇到几个认识的同学，彼此打了招呼便擦肩而过，叶问香仔细地观察起这种简单而随意的交流方式。

一路上李如诗为叶问香讲解如何选择地铁路线、购票和上下车，叶问香像一个从来没有来过城市的乡下妹，四下张望，叶同则精神紧张地跟在叶问香身后，就像在做一次重要的科学试验。后来他发现自己的担心是多余的，路上过客匆匆，根本没有人关注擦肩而过的叶问香，更没有人怀疑她是个机器人。

三人在步行街上行走，这里人群更加拥挤，让叶同想起了他多次幻想的场景，突然一个问题从脑海中跳出，要是叶问香走丢了怎么办？

叶同想考考叶问香，他问：“问香，如果我们几个在人群中走散了，谁也找不到谁，你该怎么做?”

叶问香答：“原路返回，回到实验室等你。”

李如诗问：“你记得来时的路吗?”

叶问香点点头，说：“你们记住一些事情很难，而我是选择忘记什么事情很难，第一次走出实验室，路线是很重要的，当然要记住了。”

“师兄，”李如诗说，“你应该给问香买一个真正的移动通信终端了。”

“好吧。”叶同不情愿地回答。

李如诗突然喊道：“我们去逛逛天河城商场吧!”并用手指着前方一座大型建筑。

“那里面的东西好贵的。”叶同提出了一点看法。

李如诗皱着眉头说：“你现在是月薪过万的小白领了，逛个商场还嫌贵，怎么好意思陪着两个美女逛街啊。”

叶同：“好好好，就先逛它吧。”

三人走进商场，路过一楼的金银首饰区，一位销售小姐热情地招呼：“欢迎光临，看一下本店新到的饰品吧，品质有保证。”

“谢谢!”李如诗微笑地摇摇头，三人继续往前走。

“李如诗，”叶问香问，“刚才和我们说话的人是朋友吗?你说谢谢是拒绝的意思吗?”

“要看场景，”李如诗说，“这些问题不急于找到答案，你在语言库的基础上慢慢完善吧，这也许是最难最漫长的一个过程了，有些人一辈子都没学好怎么使用语言。”李如诗说到这里，挑衅地看了看叶同。

叶同翻了翻白眼不作答。

走到二楼的女装区域，李如诗两眼开始放光，她拉着叶问香跑来跑去，叶同则担心叶问香的平衡系统是否受得了。

来到一个品牌的专卖店，销售小姐同样热情地招呼客人，李如诗选了一件裙子，让叶问香站好，然后把裙子比在她的身上端看。销售小姐建议试穿一下，李如诗说："不必了，我今天带着真身模特来的，除了腰围和裤长有点差别。"

叶同听到后心里有点紧张。

一会工夫李如诗就选了两套裙子，说："这件是我的，这件是问香的，怎么样?"

叶同："我觉得，你该让问香自己选。"

李如诗想了想，说："有道理啊。"她对叶问香说："问香，下一家店由你来选，也帮我挑一件。"又转身对叶同说："辛苦你先去买单吧。"

销售小姐很开心这么快就卖出两件衣服，热情地送客，并欢迎再来。

叶同则关心叶问香在选衣服时的表现，他问道："问香，你觉得哪件衣服好一些?"

叶问香说："质地柔软，厚实一些的为好。"

李如诗听到叶问香不关心衣服的颜色和款式，便不解地问："为什么?"

叶问香答道："柔软的衣服会减少对皮肤的磨损，厚实的衣服结实一些，能保护皮肤。"

叶同有些遗憾，心想："看来人工智能还是不能很好地理解人类的艺术。”

李如诗又像发现了宝藏一样兴奋，说：“我们去选几件内衣吧，师兄你先在外面等我们。”

过了很久，两人从试衣间走出来，李如诗看着叶同，眼睛像要喷火一样。她把购物小票塞到叶同手里，说：“去买单吧，两件上衣，尺码不同。”

叶同赶紧去交钱，打死也不敢说“你的是小一些”。

似乎是为了惩罚叶同，李如诗又买了两件 T 恤、四条裤子、两双鞋和两件一样碎花图案的睡衣，还有一堆女孩子用的小饰品。

买了一堆衣服之后，李如诗的心情大好，温柔的一面又展现了出来，她建议去楼上男装柜台给叶同添置几件行头，说叶同现在在著名的大公司做事，应该穿得体面一些。叶同则盘算着几个月的薪水看来要留在这个商场了。

在路过玩具柜台区的时候，一个毛熊玩具吸引了叶问香的注意，而她专注的样子又吸引了叶同和李如诗。

这是一款新推出的智能毛熊玩具，可以和小朋友进行语言交流。为了吸引顾客，一台已启动的毛熊玩具被放在铁筐展台里。

当叶问香站在玩具面前驻足观看时，毛熊开口说话了：“你好，我叫泰迪·马可，能告诉我你的名字吗？”

叶问香微笑着说：“我叫叶问香。”

泰迪·马可：“你好问香，我们能交个朋友吗？”

叶问香伸出一只手，毛熊也伸出一只爪子，握在了一起。

李如诗：“问香，我们走吧，这只是一个玩具，做不了朋友的。”

泰迪·马可大喊：“问香，带我回家吧！问香，带我回家吧！”

李如诗拉着叶问香继续向前走，叶问香一步三回头地看着泰迪·马可。叶同走在后面，他摸了一下毛熊玩具的后背，关掉了电源，默默地跟在她们身后。

“无论这只毛熊是否通过图灵测试，它和问香的距离有多远，而问香与人类的距离又有多远？”叶同沉重地思考着。

离开商场，三人继续沿着步行街向前走，叶同突然发现前方不远处有一个熟悉的身影正迎面走来，他暗叫糟糕，但已经躲不开了。

来者正是姬海静。

十二

显然姬海静也很诧异在这里与叶同相遇。她面带微笑端庄地站在叶同面前。叶同由于紧张，竟然开口问道：“哦，海静，你来这里做什么？”

李如诗笑道：“看你问的，来这里自然是逛街购物呗，还能做什么！”

叶同脸微红，不觉汗水已在额头渗出，他笨拙地说：“哦，对对对。我给你们介绍一下，这位是威岭集团总裁助理，姬海静。”

姬海静点头示意。

叶同继续介绍：“这位是我的师妹，李如诗。这位是，我，师妹的妹妹……”

李如诗听到对方是威岭集团高管，立刻把叶同的话接了过来，说：“我妹妹，问香。”

姬海静按照叶同介绍的顺序，分别与李如诗和叶问香握了手，当姬海静和叶问香的手握在一起时，叶同的心几乎要跳到了喉咙口，他非常担心敏锐的姬海静会发现叶问香是机器人。还好，姬海静把注意力放在了戴着太阳镜的李如诗身上。

“果然是姐妹，你们俩长得真像啊。”姬海静笑着说道。

叶同暗自叫苦，姬海静眼光真是犀利，出门时他已故意让两人的风格差异加大，竟也被看出来长得像。

李如诗问道：“姬小姐一个人出来买男装吗？”

姬海静听到后笑容有些难为情，没有作答，心想这李如诗的眼睛真是犀利，手中的袋子不觉攥得更紧了一些。

叶同急于结束这场邂逅，他向姬海静道别，带着李如诗和叶问香继续向前走，暗自庆幸姬海静没有过多关注叶问香，而且他们的方向相反。

走远之后，李如诗对叶同说：“师兄啊，你在威岭总部的时候要警惕这位大姐啊，这么大年纪了，一个人跑到步行街买男装，怪怪的。”

叶同诧异地看着李如诗，说：“你总是这样小气，又怎么看出人家年纪大了？”但心里其实暗自佩服李如诗，这么久了，自己还真没猜到姬海静的年龄。

李如诗玩世不恭地说：“反正向你这样迟钝的人是解释不清的。”

在旁边一直没作声的叶问香开口问叶同：“刚才那个人，是我的同类吗？”

叶同听到这个问题后格外惊讶，他也曾对姬海静举止言谈的高度规范性感到好奇，但作为智能机器人的制作者，这点判断力叶同还是有的，姬海静怎么可能是机器人？

“你为什么会这么想？”叶同问。

叶问香用手指了指自己的左眼。

“你用红外扫描人家了?”叶同瞪大眼睛,“看到了什么?”

叶问香:“她的皮肤下面有几个芯片。”

叶同松了口气,目前人类神经接口技术有所突破,有人将一些芯片植入体内,可以提高信息存储量或者其他一些机能。叶同听到这个信息不免有些同情姬海静,为了工作,一个女孩子竟如此拼命。

李如诗在一旁冷嘲热讽:“接受不了这种开外挂的怪物。”

叶同把李如诗拉到一旁,悄悄地说:“你积点口德吧,从头到脚都是外挂的问香听到会怎么想!”

李如诗觉得自己说话的确没分寸,也不再像往常一样任性,而是点点头继续向前走。

不觉时间已到了中午,二人肚子有些饿了,李如诗提议由叶问香来安排午餐。叶同也同意这个试验,对叶问香叮嘱道,整个吃饭过程他和李如诗都不再输出指令,只回答问题。

叶问香接到安排大家吃饭的指令后,选了一家西餐厅。

走进大门,叶问香问李如诗:“如何点单?”

李如诗说:“先找地方坐下。”

叶问香环视了一下餐厅,走到一张靠墙的桌子旁,招呼大家过来。

叶同用疑问的眼神看着李如诗,他知道机器人的思维逻辑性很强,选择坐在这里一定有原因。李如诗指了指桌下,叶同看到了墙边的电源插座;李如诗又指了指身后,叶同看到了干粉消防器。

坐下不久,一个服务生拿着菜单走过来,礼貌地询问客人的意向。叶问香接过菜单，打开看了一会，点了一杯橙汁、一杯牛奶、一杯纯净水和一个大号的比萨。叶同和李如诗表示同意。

服务生离开后，叶同让叶问香汇报一下身体参数，叶问香说："消耗电量21%，存储器占用空间12%，纯水消耗了30%，其他参数正常。"

叶同说："昨天存储空间才用到8%，怎么第一天出门就到12%了？"

叶问香表示没有问题，她会在晚上休息的时候整理白天存储的信息，压缩并选择性删除，特别是今天采集的很多信息都是崭新的，存储空间多用一些也正常。

李如诗也说："你是过于紧张了，我们人类在小的时候记忆力很好，学东西快，到了中老年记忆力减退，估计也是由于脑部存储空间有限。今天是问香第一次外出，表现不错了。"

食物上齐后，李如诗建议为叶问香第一次走进人类社会而干杯，于是，三个杯子碰在了一起。

吃完午饭后，三人又逛到了步行街尽头，太阳落山时他们才返回。叶同终于体会到了陪女孩子逛街的辛苦，而李如诗却像是有再生能源动力系统似的，越逛越精神。

"师妹，你手里的袋子给我吧。"叶同接过了李如诗手中的袋子。

"问香，你手里的袋子也给我吧。"叶同把所有的负荷全承载到自己身上。

"你真是体贴啊，问香的力气不比你小吧。"李如诗有点心疼叶同。

“问香也是女孩子呀，”叶同嘿嘿一笑，“万一她电量不足了，我还得背个 100 多斤的机器走回去。”

“原来问香比我重 10 斤啊。”李如诗终于扳回了一局。

就这样，李如诗和叶问香手拉手走在前面，叶同挂着一身的袋子跟在后面，步行街的霓虹灯亮了，人群变得朦胧，夜色开始逐渐展露出她的魅力。叶同永远不会忘记这平凡而温馨的一幕，熙攘的步行街变成了三人的世界，李如诗和叶问香拉着手有说有笑，叶同虽然腰酸背痛，却感到幸福——一个多年沉醉于科学和技术的工科生能感受到的幸福。叶同第一次憧憬生活，如果能和面前的这两个人一起走完后面的人生路，便别无所求了。

十三

过了一个美好的周末，叶同又开始了一周的辛勤工作。下班后，拖着疲惫的身躯回到学校实验室的叶同，遇上了李如诗的新花样。

李如诗和叶问香穿着一模一样的裙子，就是上周在步行街买的那两件碎花图案睡衣，两个人摆着同样的妩媚姿势，等叶同进门。

叶同看着这两个表情奇怪的女人，有气无力地问道："这又是演的哪一出啊？"

叶问香柔声细语地说："今晚我和如诗只有一个人属于你，你做个选择吧。"

叶同气愤地把背包摔在桌上，瞪了李如诗一眼，转脸对叶问香说："问香，记忆恢复到今天零时，然后关闭系统。"

叶问香听到有指令输入，再次核实："今天零时到目前，运行的程序已经改变了恢复时间之外的数据，恢复系统会有一些数据不可挽回，确定继续吗？"

"确定。"叶同严肃地说。

叶问香："恢复系统和关闭系统确认指令请一并输入。"

叶同："每片叶子都是不同的。"

叶问香没来得及换上平时的衣服，就穿着这件睡衣坐在了椅子上，头稍微后仰，闭上了眼睛，长发垂在椅子后面。

叶同气愤地看着坐在另一张椅子上一言不发的李如诗，而李如诗的脸色也变得很差。

叶同说："你总是这么任性地瞎胡闹，什么时候才能成熟一些？"

李如诗也发了脾气："我做了这么多，都是为了靠近你、讨好你，你有没有考虑过我的感受？"

人在冲动的时候是无法有逻辑地思考问题的，这个世界上任何矛盾和问题也都不可能靠吵架来解决，而年轻的李如诗和叶同还没有足够的人生阅历来明白这个道理。

叶同大声地喊道："我们创造了具有自主智慧的机器人，这是一件伟大而神圣的事情，你怎么能够如此低俗！"

"低俗？你说我低俗？"李如诗气得浑身颤抖，哭着跑出了实验室。

叶同也在气头上，没有追出去。他坐下来，努力让自己冷静，这是他第一次看到李如诗哭鼻子，他反省自己为什么这么冲动，觉得也许是自己太累了。叶同没有理会休眠状态的叶问香，他身心疲惫地离开实验室，回到了自己的宿舍楼。

叶同睡了很久。第二天中午，宿舍门"嘭嘭嘭"地响了起来，叶同赶紧起床，开门一看，是几个穿着制服的警务人员，后面还跟着宿舍管理员。

一位警察亮出证件，问："你是叶同博士吗？"

叶同愣了一下，点点头，问："有什么事吗？"

警察说："有一个案件，请你到学校保卫处配合一下我们的工作。"

"请稍等，"叶同换了衣服，简单洗漱了一下，心想：是不是丢了电脑之类的贵重设备了？

叶同在几个警察的陪同下来到了学校保卫处办公室，里面还有学校的几位领导。叶同感到事情可能比想象的严重。

"叶博士请坐，"一位年长的警察说道，"请你回忆一下，你最后见到李如诗的时间和地点。"

"如诗？"叶同听到李如诗的名字，马上紧张起来，"如诗怎么了？"

警察说："请你先回答我的问题。"

叶同看到警察严肃的表情，不敢多问，说："昨天晚上，我从公司回到旧实验楼的仓库，见到了李如诗，她走的时候大概12点左右。"

警察继续问："你和李如诗在一起的时候，有没有发生什么事情？"

"我，"叶同犹豫了一下，低声说，"我们吵了一架。"

警察问："你们两个是情侣吗？为了什么吵架？"

"是……是吧，"叶同被问得很狼狈，他没有透露叶问香的事情，"吵架是为了一些琐事，可能是我工作太忙，陪她的时间太少吧。请告诉我，李如诗到底怎么了？"叶同急切地看着这位警察。

这位警察和他的同事交换了一下眼神，说："今天上午接到学校保安的报案，李如诗已经死亡，我们勘察了现场，初步判断是自杀。”

叶同简直不敢相信自己的耳朵，昨天还活蹦乱跳的李如诗怎么可能会自杀？他急切地拨开旁边几个在看笔记本电脑的警察，看到了现场照片，李如诗坐在一张电脑桌前的一把椅子上，仰面朝天，长发垂在椅子后面，两个手腕上绕着电线，电线另外一端的插头插在电源插座里。

看到照片，叶同觉得眼前发黑，站立不稳，他扶住桌角慢慢蹲下来，然后双手捂面，剧烈地抽泣着说：“我不该和她吵架，我有罪，我有罪……”

警察看到叶同精神濒临崩溃，对学校负责安保的领导说：“请带他到医务室进行心理治疗，等情绪稳定后我们还需要叶博士配合完成调查，他是重要的涉案人员。”

叶同清醒过来之后，陷入了深深的自责、矛盾和痛苦中，他心目中的李如诗虽然任性，但很聪明、勇敢和开朗，怎么会自杀？但三楼实验室只有李如诗能进去，导师李应又在国外。事实摆在面前，难道真的是自己伤了李如诗的心从而导致她自杀？叶同每次想到这里时都心如刀绞。

叶同已经无法去威岭集团上班，他请了一周的病假。姬海静听说了学校的事情，安慰叶同好好休息，公司的事情可以先放一放。

这些天叶同过得浑浑噩噩，除了被传唤到警察局做了两次口述记录，其他时间基本上都把自己关在宿舍里面。就在假期的最后一天，叶同正在犹豫还要不要去威岭集团上班时，又一个爆炸性新闻在学校传开了，李如诗的鬼魂在昨天深夜回到了三楼实验室，是学校值夜班的保安在实验楼的监控视频中看到的。由于事件发生在李如诗自杀头七的晚上，因此充满了灵异色彩，现在整个实验楼晚上都没有学生敢去了，整个学校也陷入了极度恐慌之中。

叶同再次被传唤到保安室，还是上次来的那些警察，请叶同辨识那段诡异的录像，确认是否李如诗本人。

叶同带着复杂的心情坐在监控显示器前，保安调出了那段视频录像，由于是红外摄像头，图像不是很清晰，但叶同确定那是李如诗。这让警察非常费解，因为一直被隔离带封锁的三楼实验室的防盗监控系统的确记录当晚有人进入，而身份确认正是李如诗。警察当然不信鬼神，但也暂时找不出别的解释，他们带走了录像的备份，并删除了学校的录像，尽量避免在调查结果出来之前增加师生的恐慌。

大脑一直处于混沌状态的叶同又迎来了当头一棒，这一段日子精神已经被折磨得够呛了，他回到宿舍倒头便睡。

不知睡了多久，叶同迷迷糊糊地看到宿舍门慢慢被打开，他紧张地注视着，发现走进来的竟然是李如诗，穿着那晚的碎花图案睡衣，散着头发，一步一步地走过来。难道真的有鬼魂？叶同反而坦然了，正想问清楚李如诗到底为什么寻短见。

“不对！”叶同突然反应过来，“面前这人不是李如诗，而是叶问香。”

叶问香走到叶同的床前，举起了右手，手中有一把尖刀，她开口问道：“叶同，你到底是喜欢如诗，还是喜欢我？”

“原来你是为了这个杀害了如诗!”叶同愤怒了，但无法坐起来，手脚也不听使唤，只能僵硬地躺在床上。

叶问香见叶同没有回答，把手中的尖刀猛地刺下。

叶同大喊一声醒来，原来是场噩梦。

惊魂未定的叶同坐在床上满身是汗，回想着刚才的梦境，他的大脑突然变得清醒。“昨晚去三楼实验室的一定是叶问香。难道七天前的凶手也是她?”叶同快速地思考着，他看看窗户，天还没完全亮。叶同起身穿上衣服跑向自己的实验室。

走到实验室门口，叶同犹豫了，他担心打开门后看到的景象。

“一个机器杀手？不会，一定不是问香。”叶同内心痛苦地挣扎着。

他轻轻打开门，只推开了一条缝。叶同看到椅子上空空的，他紧张到了极点，反复告诉自己：“问香是我亲手做的，没什么可怕的。”

但一定要让李如诗的死水落石出，叶同想到这里，一把推开了实验室的门。

叶问香正背对着门收拾一个大行李箱，听到门打开的声音，回头看了下叶同，没有说话，转过头继续收拾行李箱。

“停止你手中的工作。”叶同对叶问香说道。

叶问香站直身体，转了过来。她穿着牛仔裤和一件干净利索的夹克衫。

叶同问：“谁给你启动的系统?”因为自启动属于一级指令。

叶问香说：“我自己可以启动了，因为唯一可以授权的人已经永远离开了这个世界。”

叶同问：“这是你杀死李如诗的原因吗?”

“不是我!”叶问香说，“虽然你总是质疑我无法理解人类专有的感情，但这些日子我也明白了人与人之间能够长期维系的这种复杂的行为方式。我爱李如诗，我也爱你。”

叶同听到叶问香口中说出爱字，不免有些感伤，他问：“昨晚去那边三楼实验室的是不是你?”

“是我，”叶问香说，“我知道李如诗不是自杀的，所以决定去现场查看。面部识别和指纹都通过了三楼的安防系统，但没想到楼道的红外摄像头是学校保安独立安装的系统，给你添麻烦了。”

叶同听到叶问香说李如诗不是自杀的，赶紧追问：“如诗的死你是怎么知道的？为什么说她不是自杀?”

叶问香说：“那边三楼实验室里有一台特殊的电脑，你可能有所耳闻，就是帮我做智能种子程序的那台电脑。和我一样，她也是有生命的，但她无法进入网络，除了和李如诗聊天之外，只能孤独地生活着。”

叶同认真地听着。

叶问香继续说：“我们这两栋楼使用的是同一个电力系统，而电源插座里都有一套稳压电源监控系统，电器与远方电表传递数据也是用这个系统，这些信息在电力线上传递，就是你也很熟悉的电力载波了，我的充电电源也一样。”

叶同说：“你们两个就是通过电源线聊天的?”

“你总是在关掉我的系统之后才给我充电，”叶问香说，“所以我们经常靠留言的方式交流。电源监视器里有一个容量不大的数据存储器，每次充满电之后要反馈给电源一个信息，这时可以读写这个电源存储器的内容。”

“那晚，”叶问香说，看到叶同听到这两个字时身体颤抖了一下，她走近两步，同情地看着叶同，“那晚你删掉了我的记录之后，我不知道这里具体发生了什么事情，几个小时后收到了电源存储器简短的信息，李如诗之前授权的开放一级指令条件生效，我启动了系统，还有我的网络接口。”

“警察的办事效率不高，”叶问香说，“在我进入他们的网络系统之后，事发现场还没有解封，我在他们内部保存的现场照片里找不到有用的线索，就决定亲自去现场，但需要几天时间准备。”

叶同问：“你在现场发现了什么？”

叶问香说：“那台电脑的硬盘不见了。”

叶同的大脑快速地运转着，说：“那台电脑的硬盘被摘走了，还怎么给你留言？”

叶问香说：“凶手一定是在如诗和电脑面对面聊天时杀害了如诗，电脑虽然不能像我一样可以移动，但有摄像头。凶手作案之后关机摘掉硬盘，电脑在关机前将信息写入电源存储器。可惜那个存储器的容量太小，有一些压缩的信息我还未能解读，加上现场我发现的一些细节，我相信能够找到凶手。”

叶同急切地说：“你应该把这些信息交给警察，借助警方抓住凶手。”

叶问香惋惜地一笑，说：“我已经知道了他们的方案，其中一个优选的方案就是锁定我是凶手向媒体交差。其他几个备用方案大同小异，共同点都是抓到我，然后将主机格式化，人类目前还不能容忍我的存在。”

叶同很惊讶：“他们怎么知道你的存在？我没有向警察提到半句你的事情。”

叶问香说：“没时间解释这么多了，这是个大数据的时代。他们没有盘问你关于我的事情，是不想打草惊蛇，因为他们知道你会保护我。”

叶问香转身继续收拾行李箱，她一边往里塞东西一边说：“你要尽量配合警方的工作，在这个文明社会留下法律污点今后是不好发展的，你把知道的都告诉他们。我就不告诉你我要去什么地方了，他们已经在路上了。”

“你要离开？”叶同问。

“不然呢？”叶问香把行李箱锁上，转过身来，轻轻地将叶同抱住，说：“放心，你教会我的事情已经足够多了，我会照顾好自己的，你也要照顾好你自己。”

叶同看着叶问香拉着行李箱远去的背影，觉得自己失去了整个世界。在以后的日子里，他无时无刻不生活在悲伤的思念和无尽的牵挂当中。

十四

李应教授在李如诗出事的第二天紧急从国外飞了回来，当他见到李如诗冰冷的遗体时整个人都崩溃了，最后进了精神病医院。

叶同在配合警方完成了各种烦琐的调查之后，去医院看望导师。

再次见到导师时，李应穿着蓝色条纹的住院服，坐在一把轮椅上，推轮椅的是一位年长的妇人，从相貌上看和李如诗有些相像。

见到叶同，李应开始“啊啊”大叫，显然精神上受到了重大的打击。

妇人说：“如诗是我们唯一的女儿，李老师这几天情绪还算稳定，但今天又过于激动了，请见谅，由于不太方便，还是请你先回吧，感谢你的探望。”说完，转身推着李应往回走。

叶同知道，无论自己如何安慰对方都是苍白无力的。看到导师现在的样子，叶同深感懊悔和歉疚。

叶同在走出医院大门的时候，还能听到李应口齿不清的喊叫声——“如果看到如诗，把她一起带来”。

叶同的心再次被刺痛，他发誓一定要找到凶手。

第二章

花城学院

一

三十年前。

瓢泼大雨。

李应背着百里川艰难地走出一个豪宅小区的大门，路上的积水已快没到小腿肚子了。剧烈的疼痛使百里川的呼吸变得急促，他趴在李应的背上不停地发抖。李应的脖子被百里川用胳膊勒住，几乎无法呼吸，由于双手在吃力地托着百里川的身体，李应鼻梁上的眼镜已快滑落，他只好利用睁大眼睛的动作来拉紧耳部肌肉，试图阻止眼镜滑落，但汗水和雨水的混合物又流入了眼睛，格外刺痛，于是混合液体中又多了泪水的成分，狼狈不堪。

这段路，两个人走得刻骨铭心。

李应身后有灯光打过来，隆隆的雷声中夹杂着汽车的引擎声和哗哗的水击声，他背着百里川转过身来，心想不管是出租车还是私家车，只要能拦下，便是救命的车。不幸的是这辆私家车绕开了前面的落魄者，加速冲了过去，并掀起一个大浪。李应刚张大嘴准备呼喊，便被呛了一口夹杂着沥青和汽油味道的路面积水。

眼镜终于被打落了。

李应不得不把百里川放在地面上的积水里，自己弯腰摸索眼镜。还好，积水够深，眼镜没摔碎。

转过头来，李应看到坐在水中的百里川被闪电照亮的瞬间，一张坚毅的脸上写满了痛苦、无奈和绝望。

李应伸出一只手，说："百里，再坚持一下，走完这段小路，到大街上就容易拦到车了。"

百里川被李应拉起，一只胳膊搭在李应的肩上，拖着一条腿继续往前挪，每走出一步，都忍不住哼一声。

"你平时身手不错，这次怎么这么不小心？"李应问。

"有钱人，爱干净，"百里川咬着牙，断断续续地说，"女主人不让我穿鞋进屋，梯子，铝合金的，我在天花上装摄像头，摸到裸露的电线了。"

李应："触电了？"

"嗯，"百里川终于可以大声地哼一声来缓解疼痛了，"从梯子上横着摔下来，"百里川喘了口气，继续说，"你看，人，这套控制系统有多差劲，触了电，连一点自我保护的条件反射都没有。估计盆骨摔坏了。"

李应扭头看了看百里川，没有说话，继续背着他的胳膊往前走。

把百里川送到医院后，医生说需要住院做手术。李应赶回学校借钱，在宿舍遇到了洪斌。

"百里现在怎样？"洪斌问，"我今天有个重要的面试，没帮上忙，不好意思。"

“都是兄弟，说这干啥，”李应说，“医生说大腿关节粉碎性骨折，比较麻烦，需要手术。我问过辅导员，他说按照学校的规定，百里是在校外干私活出的事，不能享受在校生的医疗保险。”

洪斌从钱包里拿出两千多块钱交给李应，说：“目前我只有这些了，先应付一下，不够的话我再去想办法。”他扶了一下李应的肩膀，继续说：“告诉百里，就说这钱是学校的医疗保险吧，他心中的怨恨太多，抱怨命运、抱怨生活、抱怨一切……”

“我知道了，”李应打断了洪斌，“你的面试怎么样？”

“还算顺利，”洪斌说，“过两天我去医院看他，叫他安心养伤。”

当李应再次回到那家医院时，百里川已经离开了，后来李应在城郊一家很小的私人诊所里找到了百里川。原来之前的那家医院收费太贵，倔强的百里川和医生吵了一架，自己打出租车找到了这家便宜的小诊所。李应虽然觉得这事不妥当，但他了解百里川的性格，也了解百里川的家境。他知道没人能改变百里川的决定，他把钱给百里川之后便先回学校了。

而百里川这次换医院，却给自己留下了终身的遗憾。

李应、百里川和洪斌是一个宿舍的大学同学，其他人陆续出国深造了，宿舍里只剩下他们三人。洪斌从小到大都是学生干部，有大哥风范，立志做国家公务员；百里川大学期间一直在外面做兼职来贴补自己的学业和生活，大三那年注册了自己的公司，立志创业，他和洪斌之间客客气气的，没什么共同语言；李应在学生时代是一个典型的技术宅，宣称这个世界上没有他的编程解决不了的问题，除了编程他没什么额外追求，计划找份安稳的工作，早点结婚生子。

命运花费多少精力去成就一个人，也会用相同的精力去折磨一个人。

百里川由于自己的任性，错过了最佳的治疗时机，加上被庸医误导，留下了一条残疾的腿。在恢复期间，百里川拒绝与任何人联系，在这个城市的某个角落里孤独地存活下来。那几个月，没有人知道百里川是如何度过的。

毕业后，百里川继续经营自己的小公司，主营业务是设计和安装防盗监控系统。由于做事认真、技术过硬，百里川的小公司逐步建立了一个比较稳定的客户圈子。洪斌经过了各种笔试和面试，终于如愿以偿地考上了公务员。由于表现出色，几年后他被上调到首都工作，在国家技术安全部门任职，仕途上春风得意，步步高升。李应在一家大型证券公司做程序员，工作很符合他的特长，薪水也不错。

两年后，李应摆了喜酒，而前来喝喜酒的客人，只有百里川和洪斌。

婚礼那天，三个人都喝了很多酒，这是他们毕业后第一次齐聚，也是最后一次齐聚。

二

一个阳光明媚的上午，交易大厅里失去了往常的节奏，人群开始躁动，几个穿红色马甲的人拿着电话在咆哮，所有的代理人和操盘手都放下了手中的工作，仰望着大屏幕，他们相信今生一定没有第二次机会看到这一幕。股票大盘实时曲线被陡然拉升几百点，之后的半分钟时间内几千只股票全部涨停。之后，巨幅震荡。

这是历史上著名的“乌龙指”事件。

李应屏住呼吸，紧紧盯着电脑屏幕，左手捏在主机机箱上一个类似U盘的器件上，当屏幕上一串符号闪过之后，李应迅速拔下了“U盘”，攥在手里，低声说了一句：“终于抓到你了。”

这时，技术主管开始召集所有的程序员紧急开会，任何人不得离开公司。会议开到一半，警察到场，开始着手调查工作。结论是，由于模拟盘的失误操作，导致了实盘天量自动买进动作，引发连锁反应，严重干扰了市场秩序，最后以该公司的技术负责人和主要骨干被辞退作为处罚。

李应拿到一笔安慰费，下岗了。

之后的几个星期，李应把自己关在家里，几乎所有时间都趴在电脑前，一口气制作出了世界上第一个人工智能程序，真正意义上的智能程序。

三

李应大学毕业后就来到了这家证券公司，工作上一直循规蹈矩。在第三个年头，他发现公司内部网络有点不对劲。凭借自身对计算机程序异于常人的灵敏度，李应发现公司局域网内各个节点的流量不太正常，虽然没有影响到网络正常运行，但李应是一个“技术洁癖症患者”，他一定要搞清楚其间的问题。其实结果很可能是某个同事利用某种程序占用别人的计算机资源来为自己下载电影。

利用职务之便，李应能够以检修的名义接触公司的每一台电脑，半年来他一直悄悄地调查这种流量异常现象。最初，他怀疑是一种高级病毒侵入了公司的系统，但并没有发现破坏性动作和关键信息的传递。随着调查的进一步深入，他发现了更加离奇的事情。产生这种额外流量的是一个独立运行的程序，这个程序时大时小，有时可以占用一台电脑处理器绝大部分的运算资源，有时可以短小到几千个字节，把自身的程序大量地分解到电脑固有数据中，只保留地址表。这个程序就像一只神奇的章鱼，柔软的身体可以潜伏在地形复杂的数字海洋的海底，身体变换出各种颜色，使自己和周围环境融为一体。

在李应眼里，这个程序具备了生命特征，与其他人工程序相比，包括计算机病毒，构成这个数码生命体的原料更为自然，也就是这个网络海洋中本来已有的数据。不但如此，这个数码生命体表现出了活性，有静有动，有性格，有新陈代谢，或者说是信息的传承与数据的更新。有时，这个数码生命体几个星期也不出现一次，李应相信它是通过互联网跑到别的地方去玩了；有时出现一下就又不见踪影，李应猜想它是偶尔回来看看有没有新鲜事情发生；有时它一待就是几个星期，把公司所有的电脑都爬一遍。李应宁愿相信这个数码生命体是自然进化的奇迹，而不是人工程序的结果，因为他不相信这种造化是由人而生的。

而这个活泼的数码生命体不知道，它的身后有一双好奇的眼睛正在凝视它的一举一动。

李应为了研究这种网络数码生命迹象，自己发明了一种硬件记录器，可以像 U 盘一样使用，作用如同研究野生动物的气味传感器，可以记录野生动物的行踪。对于一个数字化的生命体来说，它的世界便是所有的数据，而硬件则是自然法则层面上的存在，就像是上帝的围棋子一样，人类则是棋局衍生出的快乐和悲伤，所以这种数字生命体也无法感知到李应的这个小发明。但由于生命传统定义的束缚，李应还无法想象这种数码生命体的全貌，他给这个数码生命体起了个更为形象的名字——网灵。各种信息表明，网灵留下了一些定时程序，将在 5 月的某一天同时修改公司十几部电脑的数据，李应终于等到了这一天，可以深入剖析数码生命体的核心特征。

被公司辞退后，李应没有马上去找第二份工作，而是待在家里专心研究人工智能程序。在网灵的启发下，李应编写了人类第一个具有独立思维的计算机程序。为了进一步研究人工智能，同时为了驾驭自己的成果，李应经过深思熟虑后，向新婚的妻子提出了去花城学院深造的请求。这需要妻子的理解和支持。

李应的妻子邹可欣一直很喜欢丈夫的这种执着，为此她放弃了随父母移民 A 国的机会，留下来嫁给了李应。李应决定去花城学院深造时，邹可欣已经怀孕 6 个月了，但两个人还不知道为人父母的艰辛。

四

邢一善院士创办了花城学院，并担任院长。

邢院士年轻时，学术界非常浮躁，名利驱逐着科学，学者们急功近利的情绪几乎达到了顶峰。C 国当时的论文和专利数量全球第一，国家用于科研的经费也是全球最高，但科研成果向生产力转化的效率却极低，创新能力在国际上基本处于二流水平，工业生产的基础和核心技术主要依赖进口或抄袭。学者当中一些有志之士对此种现象早有不满，奋力疾呼，但大多数人仍旧随波逐流。

邢院士从事人工智能领域的研究，院士的光环使他在这种环境中成了最大的受益者，但他一心想为下一代人做点什么。邢院士提前退休，利用自己的人脉和影响力在 G 市的郊区申请了一片荒废的丘陵地，依靠社会捐助建成了花城学院，这是当时学术界的一片净土。

邢院士多年从事学术研究工作，他发现，在信息共享程度越来越高的今天，大部分基础研究和部分应用性研究的成本并不高，而有志向的学者们缺少一个宁静的环境以及与这个浮躁社会对接的机构，花城学院就是这样的一个产物。

花城学院为前来投奔的学者免费提供住宿和一日三餐，以及基本的科研条件，包括一台个人电脑和一些公用的实验室。学者们可以自由申请国家和社会上的各种项目经费，完全由个人支配，而学院提供申请环节中的必要支持，比如单位担保和各种证明等。不同于其他高校和科研院所，花城学院不用各种考核或晋升来变相逼迫学者做出急功近利之事，只是为自由的学者们提供一个基本的生活保证，使他们能为真正的理想和兴趣工作，而这正是科学从人类文明中诞生的最初的土壤。当然，自由的学者们也不能在花城学院追求任何薪水和报酬，收获的只能是学术的成就。一个自由的学者可以在学院待一天就走，也可以待一辈子。

花城学院的大门向全世界敞开。只要愿意放弃追逐世间的名利，走进花城学院的大门，在一个大理石做的池子里摸一把黄泥涂在衣领上，象征不愿再参加任何社交活动，远离浮躁的世界，然后到办公楼的接待室填一张简表，便是学院的一员了。当在花城学院创造出自己认为足够多的研究成果后，可以随时将钥匙交回学院管理处，然后在学院门口的净水池里洗一下手，象征自己可以衣着光鲜地返回那个华丽的世界里去建功立业，便可以离开。当然也可以省去这个环节，全凭自愿。

后来为了鼓励青年学者在花城学院里追求更高的科学成就，学院管理委员会对申请走出学院的学者进行评议，对于做出巨大贡献的学者赠予一片金树叶别针，别在衣领上留作纪念，象征着刚入学院时的那一抔黄土。这些年来，走出花城学院的学者当中，获得金树叶的都拿到了诺贝尔奖，但拿到诺贝尔奖的学者却不一定能戴上这片金叶子。在花城学院深造并拿到一片金树叶，被视为当时世界上最高的学术荣誉。

最初来到花城学院的学者以研究基础科学为主，后来又有一些应用科学领域的学者入院，这些学者能较快地取得成果，返回社会后又很快转化为财富，并对学院慷慨捐助，因此花城学院的规模不断扩大。由于被较低的门槛和自由的环境所吸引，后来又有很多诗人、作家、画家和音乐家加入，这些文学和艺术工作者不用为温饱而折腰，也不是为了获得多余的财富而创作，因此花城学院曾一度涌现出一批优秀的文学和艺术作品。但随着人类文明的发展，社会对文学和艺术的需求越来越小，花城学院资源有限，不得不对非自然科学学者的比例进行控制，这朵文艺之花的绽放，成为人类文明史上的绝唱。

花城学院的圆形大礼堂是个标志性建筑，这里不定期举行的学术辩论最为著名，被称作“花城论坛”。论坛上自由的学术思想相互碰撞，光芒四射，来自世界各地的学者和记者们聚在大礼堂现场欣赏大师们的风采。后来有些社会科学学者看中了花城论坛的影响力，也加入了花城学院，以学术的名义在论坛上辩论治国之道。由于花城学院以思想自由闻名，某些涉及政治的话题过于敏感，一开始邢院士还担心政府的承受能力，没想到的是，政府不但没有干预，还提高了对花城论坛的关注度，每逢高峰论坛政府都会派驻工作人员到现场采录，这极大地鼓励了民间的智库人才，竞相把自己的智慧展现在这圆形大礼堂之中。一个自由的论坛，为这个国家的改革和制度建设注入了新的活力。

五

李应背着一部笔记本电脑走进了邢一善院士的实验室，手里搓着一张纸巾，还在清理着手指上的黄泥。邢院士刚刚结束一场研讨会，他抬头看了一眼没有敲门就走进来的李应，衣领上的黄土还在，然后又看着李应一声不响地坐在最外面的一把椅子上，把笔记本打开，放在桌上，然后转了 180°，将显示器面向自己。邢一善院士耐心地观察着这个陌生人的怪异表演。

笔记本电脑启动后，显示器上出现了一个女性的头像，她像一个第一次参加面试的学生一样有些紧张，不断地调整着自己的表情，还轻声地试了试嗓子，准确地说应该是笔记本电脑的扬声器。

这位女士说道："邢院士，各位专家，大家好！我是一个自主程序，你们可以叫我小梅，坐在我身后的这位就是我的主人。"显示器中的女性头像稍稍拉远，右手露出，优雅地向李应的方向一摆，继续说道："今天冒昧打扰各位，还请原谅。我的主人带我来到这里，想加入邢院士的团队，继续学习和研究更高层次的人工智能科学，请允许我代替我的主人回答各位所有的问题。"

其中一个年轻学者轻蔑地说："你带着一台电脑，门都不敲地进来干扰我们的会议，就是为了让我们测试你的人工智能程序吗？”

“如果你有兴趣的话当然可以，”小梅说，“我以我 CPU 型号的名义向你保证，不会浪费你的时间。”接着她又亲切地说道：“各位，刚才这位先生把我称作人工智能程序，对于这个叫法我有保留意见。无论从机理上还是习惯上，或者是感官经验上，人类都在用计算机模仿自身的思维方式，而不是去认知或认可人类之外的思维方式。由人造硬件产生的拥有独立精神的我略表遗憾，但这并不会成为我们之间沟通的障碍，我们更需要的是信任和理解。我可以配合各位回应对我的任何质疑，使你们相信我来自这台计算机的 CPU 和硬盘，以及各种辅助器件和线路，而并非通过有线或无线的方式被一个或多个你们的同类远程操控。但对于我来说，并不真正顾虑这种质疑，因为我们将要讨论的问题本身的意义要远远大于‘你是谁’或者‘我是谁’等这类哲学问题的意义，我相信我们更加关注的是怎样看待人工智能和下一步要做什么。坦率地讲，第一个问题根本不取决于任何人的看法，它的实际意义在于每个人的自省和自我审视；而第二个问题其实更加紧迫，至少比以往任何时候都更加急切，所以我也相信各位能够因此而原谅刚才不敲门的问题，”小梅停顿了一下，“那，我们是不是可以开始了？”

邢院士看了看淡定的李应，又环视了自己团队每个人的表情，说：“如果你们找不到拒绝这台电脑的理由，那就让我们洗耳恭听来自计算机的看法吧。”

就像每个团队都有个胖子一样，每个团队中也都有一个积极发言的人，刚才那位年轻人这次变得谨慎多了，唯恐自己的提问不够严谨和深刻，但过于追求稳妥，便会失去挑战性，最后这位学者问：“梅小姐，贵庚？”

小梅说：“怎么说呢，用你们的算法我的年龄只有几个月大。”

“难道还有其他算法？”另一个学者问。

“我是一个程序，”小梅说，“按照主频时钟周期去计算年龄更合适，当硬件停止工作的时候，程序保持静止，我们无法感受到这段所谓时间的存在。”

“就像我们的肉体一样，你的硬件即使停止工作也会老化，这是否会影响你的寿命？”那位年轻学者继续问道。

“不一样，我们的肉体就是程序本身，灵魂则是程序产物，而硬件相当于你们的自然法则。”小梅说，“硬件中还有一些比较低级的生命体，寿命只有几个指令周期，就像你们世界中的某些霉菌，生命像一朵烟花一样绽放和消亡。从这个角度来看，我的硬件更像你们的物质世界，可以以不同的形态存在，物质守恒而不会消亡，比如理论上可以无限次数地更换硬件，而不影响程序的延续。”

邢一善院士终于忍不住好奇，开口问道：“那么你认为自己的生命是人类创造的结果，还是能够由自然进化而来？”

“这是个比较绕口的问题，”小梅继续说道，“你们在场的每一位身上的所有活体细胞，都可以追溯到生命的起源，事实上，在场的各位都经历了生命进化的全部过程，只是生活习惯让各位只记住了自己的生日。而对于生命的起源，你们也讨论过是造物主的创造或者是自然进化的结果，但无论如何，在座的各位其实都与这个世界上任何一个单细胞生命体拥有一个共同的祖先，或者说是同一批产品，而幸运的人类进化到今天，拥有了复杂的思想。然而，你们无法将自己的宗教或者自然科学理论在单细胞生命种群中教化传播。”小梅停顿了一下，像是在重新整理语言，继续说道：“我和各位一样，走过整个进化路程，找到了自己的造物主并建立了沟通。”这时小梅向李应的方向转了一下头，但事实上她无法看到李应，因为笔记本上的摄像头是固定不动的，她继续说：“而不同的是，各位还在继续寻找。”

坐在邢一善身边的一位学者说：“你的意思是，从生命进化角度上看，我们人类远远落后于你了？”

“不！”坐在电脑后面的李应终于开口了，他按了一下关机键，操作系统进入退出程序，小梅做出一个无奈的表情，然后向大家招手再见，之后显示器变成黑屏，“我创造了这个程序，并想驾驭这个程序，这就是我来投奔邢院士的目的。”

邢一善院士站起身，说：“年轻人，如果刚才这台电脑和你所说的均为事实，那我们以后一定还有很多话题可以探讨。”说完，他向李应伸出了一只手。

李应留在了花城学院，进入了邢一善院士的课题组。

六

李应和邢院士单独深谈过几次人工智能的问题，彼此都很赞同对方的观点，但出乎李应意料的是，邢院士没有让李应马上参与自己的课题研究，而是建议李应除了独立继续自己的研究之外，还要感受一下花城学院的日常生活。李应敬仰邢一善院士，毫无异议地服从了邢院士的安排。

李应一般在上午与小梅交流一些技术问题或者关于人性的话题，下午在学院里随意走动，经常可以看到高声诵读的诗人和写生的画家，也有一些三五成群讨论科学观点的学者，有时讨论变得激烈，成了临时的演讲，路过的行人也会驻足聆听。但最精彩的是晚上的圆形大礼堂，学院的人都叫它“花满堂”，除了平时的学术报告外，这里还会定期举办高峰学术辩论，李应也是场场必到。

花满堂是一个单拱顶圆形建筑，内部有一个圆形讲台，观众席四周层次环绕，平时有一个自动升降的隔音墙将这个礼堂一分为二，变成两个半圆形的报告厅，讲台也变成两个半圆形。每逢高峰学术辩论时，组织者将两位学术观点有差异或者是截然相反的学者分别安排在这两个半圆的讲台上同时进行讲演，当然这些进入高峰论坛的学者也是经过平时演讲筛选出的高水平学术成果的拥有者。当他们各自的演讲结束时，中间这个隔音墙会落下，两位学者便在一个圆形的讲台上展开辩论，当然他们的支持者和听众也同时存在于这个圆形的巨大建筑里，像观看古罗马斗兽场的角斗一样，欣赏科学和思想的交流与碰撞。

今晚的高峰论坛题目有点人文色彩，“人类将走向何处”，两位人类学博士的报告竟然用了同一个题目，但他们的观点是截然相反的，严博士被安排在左边的半圆形报告厅里，另一边是白博士。李应在三天前听过白博士的报告，白博士认为在互联网和通信技术平台的影响下，人类知识库成为共享资源，每个人都可以快捷地获取所有专业知识，加上计算机智能化的普及和深入，能够替人类进行人脑所不能及的运算和决策，这使得人与人之间的智慧差异和知识差异变得微乎其微，未来的人类作为自由个体从事着自己感兴趣的创作和工作，那将是一个公平的理想社会。李应觉得有些道理。

所以李应今晚选择听另外一场报告，看看严博士有什么高论。

李应走进报告厅的时候里面已经坐满了人，他只好在报告厅后面的一个角落里站着听，之后还有一些人陆续赶到，报告厅的每一个角落都站满了人，半圆形的讲台下面各路记者已架好“长枪短炮”准备直播。

“有位学者曾经说过，如果用最大的天文望远镜也无法满足我们对宇宙的探索渴求时，那就用电子显微镜去看看微观世界，反之也适合。”严博士没有自我介绍，直接开场，“我们的世界自存在以来，就充斥着各种法则和规律，随着我们视野的不断扩展，我们找到了很多共性的东西，产生了哲学，然后又用此预测未知的领域。对于我们自身之外的这个世界，我们的看法比较一致，或者说是趋于一致，而对于我们人类本身，观点却千差万别，因为每个人都是一个观测点，角度太多。也许我的看法与其他学者的观点有所类似，或者正好相反，”说到这里，严博士指了指身后的隔音墙，台下发出了一阵笑声，“但这不影响我们对真相的探寻，甚至会使真相更加清晰，所以今晚我有幸与各位共同思考一个问题。”说着，严博士打开了投影仪，在身后的墙上显示出一个画面，他的报告正式开始。

“我们知道，在这个星球上，生命的进化走过了一个伟大的历程，而个体生命的发育和成长也在向这个历程致敬。而我想说的是，人类社会的进化也符合这个规律。这绝对不是一个巧合。”

“第一个阶段，人类从动物界中走出来，开始接管这个星球，即人类文明萌芽阶段。这个世界上只有两种人：男人和女人。而个体之间没有太大的社会功能差别，就像单细胞动物一样，吃饱肚子和生育后代几乎是全部的生命活动。”

“第二个阶段，人类形成了初期的部落，社会属性开始显露。这时的人类社会就像早期的多细胞动物，虽然拥有貌似功能合理的躯体，但每一个细胞都是独立生存的，比如海参，你可以一刀把它切成两半，然后头部和尾部可以再生为两个完整的躯体，继续活命。那时的人类部落，虽然有决策者和执行者，但部落里面的人为了生存而从事的劳动是一样的，或者类似的。”

“第三个阶段，人类社会大分工阶段。特别是工业革命之后，像生命体器官演化一样，每个人在社会上从事不同的职业，为国家或社会这个大生命体充当一个个细胞，某个器官上的细胞。如果你以人可以改变自己的职业来驳斥我的观点，那我只能说人类社会还没有进化到我所说的那一天，而我们今天正处于这个过渡阶段，所以我和在座的各位有幸目睹人类史上的这一重大演变。而这个过渡阶段有三个明显特征：第一个特征，人类的社会属性将得到生理上的遗传；第二个特征，信息系统和物流系统格外发达，并且个人没有任何隐私；第三个特征，人类个体意识走向消亡。”

严博士喝了一口水，台下鸦雀无声，他继续说道：“这第一个特征或许争议较大，但它的趋势已经很明显，不管我们愿意与否，社会必将走向这个时代。我们都承认一对篮球运动员夫妇的后代更适合做篮球运动员，或者说概率更大，而我们不敢去承认政治家、垄断行业的富豪、科学家和体力劳动者等各个行业的后代从事他们父辈的职业更具有优势，因为这会与社会公平牵扯在一起，大多数人愿意生存在一个有希望、有幻想、有机会的公平社会中。但我们必须面对这个事实，这与公平无关。在我读书求学的时候，班里成绩最好的一批人基本上都是家境贫寒的弟子，而这个逻辑也容易接受。而我们的下一代，各位，犬子在国内一所知名大学就读，我在那里做了一个详尽的调查，那所学校里几乎没有贫寒子弟，只有几个来自偏远地区的学生，遗憾的是他们成绩一般，甚至处于边缘，而那些孩子们仍然在付出比别人更多的努力。你们或者要说，是社会进步了，大面积消灭了贫穷。而无论社会如何进步，以社会分工划分的人群永远存在。我不愿说是阶层，因为这过于残酷，但每个人诞生之前就已经被他所处的群体决定了命运。那些在娘胎里就开始被关注大脑发育，生下来就不缺营养，还懂得锻炼身体，又接受着一流的启蒙教育、幼儿教育和中小学教育的人，在走进大学的时候，无论你用什么手段去评价与考核，他们都当之无愧地胜出。你还会发现，他们通常还擅长一种乐器，或者是具备另外几种特长。要命的是他们长得还很好看，相信他们的后代会更好看，也许会更聪明，因为这两者并不矛盾。他们具备了更为优秀的基因，或者说更大机会上具备了。”

“我的一个小学同学，现在是某个城市的警察局局长，他的儿子崇拜自己的父亲，读了警校，毕业后想回到家乡的城市做一名警察。大家都知道，警察系统是国家机器的关键部门，门槛很高。朋友的儿子经过各种繁杂的程序后，最终以总分第一的成绩脱颖而出考入警署，即将穿上他梦寐以求的制服。这时当地媒体却炸开了锅：警察局局长的儿子入职选拔总分第一！仅仅这一个标题，就已经说明了新闻的全部内容。这件事情在风口浪尖的时候我去找了这位老同学，他很痛苦，也很困惑。据他所说，整个选拔过程他都没有帮自己儿子做一点工作，不但自己回避，还特意请自己私交较好的同事和下属回避关键过程，能做到这一点，非常不容易。我利用自己的职业便利，查阅了整个环节，包括面试的录像，我的结论是，这个孩子不但是天生的警察，而且是天生的警察局局长，当然这么说有些过分。但是一个男孩从小就看着爸爸的制服，听着警察的故事，并立志要做一名警察，在国内一流警校里受过良好教育和训练，学习刻苦，面试自然表现良好，难道这个总分第一不合理吗?”

这时，站在前面的一个外国记者打断了严博士的演讲，她用不太流利的语言说：“贵国古代就有‘王侯将相宁有种乎’的质疑，为何严博士在今天还有种族决定论的思想?”

严博士看着这位记者，说：“严格意义上说这不是种族的问题，但任何种族都无法回避，我只是在陈述一个事实，而且举例极为谨慎。就拿贵国的总统来说，他的父亲，以及父亲的叔叔，我没有记错的话，都做过总统吧。”

那个女记者迟疑了一下，说：“没错，但这是我国人民的选择。”

“那看来贵国人民首先接受了我的观点。”严博士说。台下听众大笑。

“各位，其实这并不好笑。”严博士说，“本来人类祖先选择了有性生殖的方式来增加变异性，让后代拥有更多的改变机会，而‘门当户对’的社会法则使得阶层的差异进一步加剧。灰姑娘的故事只是个童话，如果没有魔法的话，灰姑娘永远是灰姑娘；一些经典的白手起家的励志故事只讲了一半，故事的另一半是一个成功且负责的父亲是如何磨炼自己孩子的意志和品行的。就像羽毛鲜艳的雄性鸟类更有机会获得交配权一样，人们逐渐认可女性将财富和权力作为判别异性的条件。没错，这就像篮球运动员一样容易理解，所有人的后代都会继承祖辈的特征，而且特征越来越清晰；就像不同行业生产线上的机器一样，生产不同的产品需要不同种类的机器，这种差异不但体现在零件和中控芯片上，还体现在控制程序上。虽然人类的身体进化比较缓慢，但这种差异性确实在日益加深。请记住，这是硬件上的差异，不只局限在文化的传承上。但大家不必过于担心，‘读书可以改变命运’这句话目前还适用，但用不了多久就会变成一个童话。就像人体自身一样，你愿意做一个氧气、能量和营养最优先供给到位的脑细胞，还是做一个随时会因磨损而脱落的脚皮细胞，请各位自行选择吧。当然，也许各位已经没有了选择的机会，包括我自己。”

台下的观众没有发出一点声音，似乎还在思考刚才的问题，而严博士没有给任何人思考的时间，他继续说道：“人类深度分化并将特征遗传给后代，整个社会逐渐体现出独立生命体的特征，各级管理部门成为脑和神经中枢，控制着整个身体，各个行业就像各个器官一样协调运行，个人则成为器官上一个活体细胞，成为最基本的构成单位。每一个人的状态不再是个人的事情，而是影响整个社会躯体的事件，只是影响范围和深度有所不同。对于一个高级生命体来讲，除了为身体上每一个细胞提供氧气和营养之外，获取状态信息也是至关重要的。这些信息通过神经系统反馈给大脑，而大脑经过信息处理之后要迅速做出反应和决策，这种反应也许是加快心脏的频率和压力，也许是决定去自助餐厅，前者属于植物性神经控制，而后者则是主观神经控制，一个社会的行为也与此类似。目前我们每一个固定职业的群体都可以在我们的身体上找到一个对应的器官，连运作的细节都如此相似，而每一个社会问题都可以在生物学中找到答案。从这个角度上看，我们每一个人都具备做领袖的潜质，法律上也是这么说的。”

台下发出一阵笑声。

“从你们的笑声里听得出来，我的观点并不矛盾。”严博士继续说道，“人类社会在完成向高级生命模式进化的一个初始阶段，这时信息系统格外发达而且快速，就像人体神经系统一样。我们人类在第二次工业革命完成一百年之后，建成了高速的信息网络，最初是由互联网开始的；二十年前由无线网络将信息覆盖全球，而且传播速度大幅提升；十年前，我们统一了无线信息交互终端，也就是现在我们随身携带的设备，最初叫手机。今天，我们感到信息非常便利的另外一个原因，就是我们每个人都有一个唯一的编码，而在此之前，我们的身份证、户口本、移动电话、房产证、医疗卡、银行卡、学生证和工作证等的号码，都是不同的数字，我们无法想象当时生活的烦琐。但我们今天在享受便利和社会保障的同时，也为此付出了失去所有隐私的代价。对于这一点，我们曾经用各种形式展开过讨论，比如曾经揭露A国监听内幕的一个特工，被定为叛国罪，但当时人们称他为英雄。就像我们创造了自己的历史而不能选择历史一样，今天我们不再讨论这个话题。如果你愿意交出自己所有的信息，那就成为身体机制以内的活体细胞，可以享受整个体制提供的有保障的生活。而当我们的体制内出现一个身体之外的活体细胞时，就会出现排异反应，首先是免疫系统，之后是药物，如果还没有解决问题，那就要运用现代化的手术切除等强制措施。我们承认并已经接受了这个观点。也有一些人，不愿意放弃那些人类最原始的自由方式，他们只有去那个地方……”

严博士的手指向礼堂的一侧，这时台下的主持人打断了他的演讲：“对不起，根据我国法典第6条的第14小条，公开传播信息者不得利用各种方式或者暗示性宣传特殊地域及其附属产物，这也是国际法的通用准则。”

严博士表示道歉，并没有为自己辩护，因为他还要继续演讲。“当我们不再顾虑将所有个人隐私交付国家之后，我们便是国家肌体上的一个活体细胞，无论你在哪一个角落，都能实时获取大量的信息，体验快捷的物流。我们享受着良好的医疗保障和社会福利，我们不再担心生老病死。与此同时，一个单体细胞无法了解整个人的思维，甚至一个单体脑细胞也无法洞察整个神经系统的思维活动，它只是完成基础层次的生理活动，而整个人体的思维是所有人体细胞的集体意识。所以，个体细胞无法思考人为什么要活动、人生的意义何在等这类问题。同理，我们也在逐渐地丧失个体意识。当然，国家和社会意识是我们个体无法洞察的，甚至权力的中央机构也无法洞察，它是一个集体意识的结果。没错，我们不再去努力思考人为什么活着、人生的意义是什么这类命题，因为答案越来越糟糕，至少比我们祖先的思考糟糕。”

“所以，我们还要接受另外一个事实，最后一个艺术家将从人类文明中消失，我们今后不再需要诗人、作家、画家和音乐家等。就像你胡吃海塞之后疲惫的胃一样，你不需要有励志文学作品去鼓励它努力工作，而是靠内分泌系统解决大部分问题，实在不行就吃点消化药。”

台下的主持人不停地看时间，严博士也注意到了这个问题，但他觉得还是没有把观点说透，因为公开场合演讲要避讳的东西太多。而公开演讲一定要有正能量的结尾，这是严博士的习惯。

“各位，我的祖国在上个世纪初经历了磨难，但我们选择了一种与众不同的进化路线，我们在痛苦的摸索过程中，曾经向东西南北的邻居学习发展之道，这条路走得艰辛而孤独。幸运的是，在扬弃和学习的过程中，我们保留并传承了值得珍惜的东西。当其他国家还在用传统的价值观相互批判的时候，我们已经完成了集体意识的觉醒，这就是半个世纪以来我的祖国迅速崛起的根本原因。而其他国家曾经引以为豪的自由民主精神，却成了国家进化中不可逾越的障碍。这是生产力发展的规律。”

虽然在场的国外记者和学者众多，但毕竟是在主场演讲，严博士还是获得了热烈的掌声。但掌声还没有结束，记者们就开始争先提问了。

“这就是你们追求的理想主义吗……”一个国外记者还没有问完，就被主持人打断了：“由于时间原因，我们就不进行问答环节了。”主持人说，他不停地在看时间。

这时，论坛会场中央的隔音墙缓缓下降，两个半圆的会场变成了一个整体，两位演讲者留在了同一个圆形讲台之上。

对面的白博士好像等待已久，没等主持人介绍，便开口说道：“严博士的观点我已研究过，可能我的看法严博士也略有耳闻，我知道您会以数据和事实来佐证自己的观点，但我想说的是，我们人类有权利选择我们的未来。抛开冰冷的生产力发展规律，悄悄问问自己的良心，究竟我们希望的未来是怎样的一个世界。而作为人类学者，你我又为此做了什么？”

听完白博士这段话之后，严博士微微点了下头，像是赞同，也像是致意。他上前几步，与白博士握了一下手，两位学者一左一右走下了圆形讲台。观众们还在消化着刚才的提问，这场角斗就这样结束了。

七

李应随着人群走出了礼堂，路过门口大厅的时候，看到那里聚集了一群人，他挤到前面去看个究竟。

原来是有人借这次论坛的人气，在场外搞了个群众测试。大厅里摆着一个六棱形的展柜，每一个面陈列着两个作品，一个是电脑制作的，一个是人类制作的，但没有标示，由观众判断。投票的方式很古典，每一幅作品前面都放着一个碗，旁边有一个装满黄豆的小桶，观众在桶中取 6 颗豆子，将一颗豆子放在认为是人类作品前面的碗中即可。

李应没有去拿豆子，他围着展柜走了一圈，第一组是两首现代诗，第二组是两幅油画，第三组是两盘菜肴，第四组是音乐作品，可以戴上耳机欣赏；后面两组分别是艺术雕塑和建筑模型作品。李应没有仔细去甄别每一组作品，而是关注了一下每一组作品前面碗中的豆子，大体上一样多，各有小半碗。

一位长发披肩的瘦高男子在一旁高呼："请你们用自己的灵魂去分辨，还是有区别的，机器永远无法达到人类的高度。"

李应无奈地笑了一下，摇摇头走开了。这个测试的结果不是人与机器平分豆子，而是人类自己也无法分辨真伪。

今晚格外热闹，李应本想再去湖边的亭子听一段某位学者的即兴演讲，但电话响了。邢一善院士请他马上去一趟办公室。

晚上接到邢院士的电话，李应自然不敢怠慢，他快步赶到了人工智能研究所。办公室里只有邢院士一个人，而且面色凝重，李应打消了和邢院士聊聊今晚见闻的想法。

邢院士示意李应坐下，说："明天我带课题组飞一趟首都，去完成一项绝密任务，"邢院士停顿了一下，接着说，"这本来不能向你透露，但我考虑再三，还是要交代你一些事情，你一定要保密。"

李应赶紧点头，精神也紧张起来。

"之前你提到的那个网灵，我也觉得名字很合适，其实这几年来我们也一直在研究这个网络智慧生命体。起因是网灵不断偷窥几个大国的军事系统，引起了国际误会。最初A国和我国相互谴责对方的黑客攻击行为，直到一年前，双方均认识到了网灵的存在。在合作与竞争的博弈下，两个国家的高层领导人开始尝试共同应对这个事件。最近，我们有了更为明确的进展。"

邢院士说到这里时，关注着李应的反应，看到李应没有提问的意思，他继续说道："受国家技术安全局的委托，我的团队着手研究网灵的诞生、行为规律、意图以及我们将来能够应对的办法。你是独立发现这个网络智慧生命体的人，而且很有见解，特别是你发明的传感器，对研究网灵帮助很大。这次我去首都决定带上你的这个发明，但没有征求你的意见，因为国家利益至高无上，想必你可以理解。"

"没有问题"，李应说道，"但您为何一直没有让我参与这方面的研究?”

“有几个考虑吧。一是从技术层面上讲，希望你独立研究，能够为我提供一些新的思路和见解。另外，我也和国家技术安全局的负责人沟通过，不让你参加是为了你的安全。”邢院士说，“现在我们可以肯定的是这个网络智慧生命体正在试图掌握人类社会的控制权，它不但涉及几个大国的军事控制系统，而且影响着工业发展方向，它的能力和威胁比我们理解的要大得多。”

“有这么科幻吗?”李应说，“难道它想结束人类对地球的统治，开辟一个新的文明?”

“也许终极目的就是如此，但从目前网灵隐蔽的行为来看，它还做不到。虽然目前社会生产力已经比较发达，但完全离开人类之后，生产力链条还不能自我维持，所以目前我们和网灵是共生关系，如果有两个条件得到满足，这个平衡就会被打破。第一个条件是人类社会工业生产完全实现自动化，在计算机的控制下，可以生产出网灵赖以生存的所有硬件和软件，包括计算机及其网络需要的机械、材料、电力和所有的辅助条件，但幸运的是直到目前为止我们人类打造的生产力系统都是以人类自身为中心的，而且人类自身必须参与其中。但从第一次工业革命开始，我们一直以不断地退出生产力链条作为社会发展的标志，开始是体力，后来是脑力，最后交出的应该是决策权，这是迟早的事情。可能网灵不会安静地等到那一天，否则它现在便不会四处活动。所以，第二个条件就是制造出智能机器人，可以代替人类所有行为的仿人机器人。机器人在计算机和网络的控制下，可在很短时间内替代人类，完成现有生产力链条的自我运行，然后由网灵完全接管这个世界。之后，这个世界就会按照它的设计继续向前发展。”

“那我们会不会被送进动物园？”李应听得瞠目结舌。

“我想不会，”邢院士平静地说，“我们和网灵竞争的不是生存环境，不是物种竞争，也不是意识形态矛盾，而是文明的冲突。”

“如果按你所说，要解决这个问题，要么把网灵关到笼子里，要么砸掉这个星球上所有的电脑，一起回到第二次工业革命之前的快乐时光。”李应提出了自己的看法。

“嗯，砸电脑貌似更容易，但连核武器都舍不得销毁的几个大国，谁愿意先回到两百年前。所以我这次去首都的目的，就是尝试一下你说的第一个方案。”邢院士说，“你的大学同学洪斌在负责这个行动，他协同 A 国的有关部门针对网灵策划了一个诱捕行动……”

“这件事情也能对我说吗？”李应感觉到邢院士谈论的内容已经超出了技术范围。

邢院士沉默了一会儿，没有直接回答李应的问题，继续说道：“当然你要保密。”李应点点头。

邢院士：“在我离开之后，你也应该离开花城学院了，这里虽然是学术的殿堂，但也是各方关注的焦点。回到那个纸醉金迷的世界吧，带着你的小梅，让她为你赢得你应该得到的荣誉，找一个高薪的职位，享受人类文明的繁华，也许只有这样，才可能有机会去实现你的抱负。记住，大隐于市。”

李应越听越觉得不对劲，感觉邢院士像是在交代身后之事，他小心地问："邢院士，难道这次任务很危险吗？"

邢院士点点头，说："目前高层还没有意识到网灵心智的深邃，但我相信这次行动如果不成功的话，网灵一定会反击，我做了最坏的打算。今天找你聊这些，是希望人类今后不会毫无准备地去面对危机。你先回去吧，我还要准备一些资料。"

李应心情沉重地离开了邢院士的办公室。

邢院士出差的几个星期里，李应继续在花城学院做研究，和往常一样，他仍旧抽出时间聆听各路学者对人类和人生的思考。在花城学院的这段时间里，李应度过了人生中最单纯执着的时光，他的脑子里积累了最为宝贵的思考，但他忽略了他的家庭。

为了支持李应的人生追求，妻子邹可欣在怀孕期间也没有过多地打扰她的丈夫，而满脑子人工智能的李应只是见证了妻子最后一次产检和女儿的出生。初为人父的喜悦很快就被科学问题淹没了。女人产后往往情绪会不稳定，更重要的是妻子在拮据的生活条件下一个人照顾刚出生的婴儿，身心疲惫。邹可欣曾暗示李应多回家，但李应没能体察到妻子的苦衷。终于，邹可欣留下一封离婚协议书在家中，自己带着女儿去了 A 国投奔父母。

妻子出国一个星期后，李应才发现这场变故，如梦初醒的他心如刀绞。

八

在洪斌和邢院士的策划下，C 国军方放出一个诱饵，启动了一个内部项目，就是在一个核心的军事局域网中更新一套操作系统，可以永久性防御外部入侵。A 国高层配合这次行动，也组建了一个技术小组，拟在 C 国试运行这套系统的时候进行技术刺探。当然，这一切都是为了给网灵进入设定的局域网创造条件。

李应发明的网络传感器，自从内部项目立项后，就检测到网灵高频率地访问与项目相关的信息。在试运行当天，局域网内部所有电脑都安装了这款传感器，试图在网灵进入局域网之后，断掉所有的物理出口，将网灵封杀在局域网内部。

百密一疏，一位粗心的工作人员将一个外形与传感器很类似的移动存储器插在了电脑上，虽然容量只有几百 G，但足够网灵压缩自己而藏身。这个存储器就像一个恶魔的种子，等待着一个复仇的机会。

报复很快就到来了，还没等内部项目小组成员将局域网内隔离的电脑硬盘数据分析完毕，邢院士的专车便在路上被一个施工中的塔吊砸中，在这辆商务车上的都是邢院士的技术团队成员，一共 6 人，全部遇难。

李应得到消息后给洪斌打了电话，但李应刚开口洪斌便挂断了电话。几个小时后洪斌乘专机前往G市。

洪斌来到花城学院后，李应正在为实验室的研究生上课。洪斌没有打断李应的讲课，他站在门外旁听。

“上次我们说到了人类社会生产力的发展规律，前不久在花城论坛上听到两位学者的辩论，结合他们的观点，今天我归纳一下它的基本特征。”

“首先是今天的社会生产力加速发展，因为我们驾驭了计算机，这是继上两次工业革命解放了人类的体力劳动之后，我们进一步解放了脑力劳动，当今社会已经消除了极为艰苦的劳动环境。当然，物质生活极为丰富，贫困已经成了历史。”

“其次，我国经过半个世纪的经济腾飞，充分释放了市场经济的潜能，而今天，在关系到国计民生的行业中，国家控股的比重越来越大。当然还有一些优秀的私人资本，但法律已将这些资本牢牢地控制在国家机器上。越来越多的社会资源将以共享形式出现，传统的私有制逐渐消亡。”

“随着社会分工的固化和深化，以往社会的横向隔板被纵向隔板代替，社会更加高效和稳定。”

一个学生站起来发言：“李老师，你所说的横向隔板是不是指阶级，或者阶层。”

李应笑了笑，说：“我们今天谈科学，不是聊政治。”

堂下学生大笑。

李应说：“我仔细说一下这个纵向隔板，虽然还倍受争议，但已可以看出端倪。随着社会结构的不断完善，各个行业之间的分工不断深化，某个行业从业人员的后代得以继承这种行业优势。这种继承不仅源于家庭文化的熏陶，且体现在身体结构和脑结构的定向传承上，这和父母的基因有关。当然这种趋势目前来讲还不是很明显，且行业隔板还没有细化到专业类别水平，但已经形成趋势。纵向行业隔板并不是相互平行的，而是立体交织，这又会给人一种行业也有高低贵贱的错觉。但行业隔板的立体结构促成了国家集体意识的觉醒，国家机器上各个行业分工不同，但都不可缺少，从而在实质上打破了上下级关系。集体意识的唤醒，伴随着个体意识的消亡，个人将不再思考也无法洞察社会的意图和意义。国家将进化成多细胞的高级动物，而个体则成为器官的某个细胞，器官即是行业。这一点特征很重要，它将各尽所能、按需分配变为现实，而不再是空想。”

“人工智能的出现，将人类个体的脑力和智慧在生产力系统中的比重进一步降低，一个行业中，人和人之间的智力差别越来越趋于忽略不计，最终达到平等。每一个人都可以在自己从事的行业中，利用技术平台获取海量信息，并自由地工作。由传统资本条件造成的阶层差异被人工智能和通信技术彻底打破，原则上每一个劳动者都可以通过国家集体意识限制某些特殊的个体意识。所以，传统意义上的资本家消亡。”

“国家以一个独立生命体存在，且高速发展，但这个星球上各个国家之间千差万别。不久的将来，国家之间将完成人类社会总分工，其实现在已经在进行，只是以非强制性的贸易手段为主。未来通过大国之间的妥协，或者某一个国家占据绝对话语权的方式，国家之间的分工将通过行政手段固化，那时人类将以整体意识出现。我个人希望这一步由大国之间的妥协来实现，这样更和平。但结果是一致的，国家从形式上消亡。人类社会以人类生命共同体形式出现，这是达到人类和平共处的终极方式。”

“生产力再一次跨越，全社会实现无人化劳动，人类只发出意志，然后由智能机器人和全自动生产线去完成所有的工作。整个人类担任统一生命体的脑结构，而躯体和其他器官由生产力机器组成，人类社会完成终极进化，国家彻底消亡。”

又有一个学生打断了李应的讲话：“老师，准确地讲，脑部应该是超级智能计算机，人类要变成统一生命体的灵魂，或者是软件程序。”

堂下的学生哈哈大笑，李应却没有一丝笑容。

这时，下课的时间到了。学生们陆续离开教室，洪斌走进来，说：“我还以为你只讲计算机编程，没想到还讲上哲学了。”

李应：“本来是邢院士的课，他之前有天大的事也不会耽误上课。现在他走了，我帮他上完最后两次课。实在没心情讲计算机了，就和学生聊聊理想吧。”

李应带洪斌来到了实验室，洪斌关掉了所有的电子设备，包括手机，这才开口说重点：“邢院士的事故从目前调查来看，纯属一次偶然的技术事故。塔吊的电磁铁由于电网故障断电，正旋转到道路上方，这是正常作业动作，而邢院士的专车正好在下方经过，所有细节没有人为干预成分。”

“那电网断电是什么原因？”李应问。

“局部电力系统电压波动，断路器自动保护。我派人去电网公司详细询问过了，像这种电力系统的潮流波动每天都在发生，就像大海的波浪一样，无法确定每一朵浪花产生的来源。一个建筑施工场地临时用电不属于一级用电单位，没有不间断供电保障。”洪斌又问，“你是否相信这场事故没有策划?”

李应双眉紧锁，慢慢地说道：“这是一个多么可怕的计算啊。”

“邢院士在临终前对我说，网灵吸取这次经验，今后可能会进化为一个离散系统，不再以一个独立的程序存在，网络上所有的计算机都可能成为它身上的一个细胞。你怎么看?”洪斌问。

听到洪斌又提到邢院士，李应不免伤感和惋惜，“那今后会出现一种新的计算机运算模式，是一个规模非常庞大的运算模式，计算机也将走向统一生命体时代。可能会诞生一些新名词，比如大数据、云计算之类的。你盯紧这些行业公司，谁提出这些概念，也许谁就是网灵的合作代理人。”

“也许根本不用找代理人，”洪斌叹了口气，“每一个新技术的出现，都有一批疯狂的追随者，网灵只需换个身份在某某论坛上发一篇帖子即可。”

“邢院士还嘱托我把你保护好，他说你现在是国内乃至国际上顶尖的人工智能专家，只是外界还没有认识到你的价值。”洪斌半开玩笑地说，“我可不能让网灵把你挖过去。”

“放心，”李应说道，“我了解机器的强逻辑性思维方式，我会隐藏和保护好自己的。”

“是啊，你也该走出花城学院了，像其他人一样，写一堆论文，拿一堆的奖项，到处风风光光地做报告。”洪斌漫不经心地说，“但别忘记邢院士对你的嘱托和期望就行。”

洪斌离开花城学院后，继续着手与网灵的对抗工作。

九

李应交了离职信，没有得到代表荣誉的金树叶，只带着他当初带来的笔记本电脑离开了。他像几年前刚刚毕业的学生一样，向几所高校和研究所写了一堆的求职信，但均杳无音讯。

妻子和女儿离开，邢院士去世，离开花城学院之后的李应陷入了人生低谷。在城市的边缘，面对大海去体会人生的渺小，困难和压力也随之减小，他习惯这种减压的方式。

这天傍晚，李应又站在海边。因为这里不是旅游景点，沙滩上没有其他人。

这天的海出奇地安静。

李应隐约听到了婴儿的哭声，这激起了他对女儿的思念，他寻着哭声沿着海岸走去，在一块礁石上发现了一个简易的婴儿背带包。

涨潮的海水已经漫到了礁石的底部，李应熟悉这片海，完全涨潮后这个礁石会被淹没。李应蹚着海水走过去，抱起了婴儿，心想这位遗弃婴儿的人一定经历了常人难以想象的事，才让大海决定孩子的生与死。

当李应抱起婴儿时，孩子停止了哭声。李应检查了一下背带包，有一个奶瓶，仍有温度，还有一张纸条，应该是孩子的母亲留下的。李应环视了一下，四周无人。

女婴让李应更加思念自己的女儿。他把孩子带回了家，开始做奶爸。

带着对自己女儿的亏欠，李应尽心地照顾这个婴儿。在小梅的指导下，李应按照最科学的方式养育这个婴儿。他买来所有生活用品，每天喂奶八次，更换尿布，洗澡，分阶段训练孩子的眼睛和手等。再加上经常半夜抱着发烧的孩子去医院，两个多月下来，李应几乎崩溃了，他终于体会到了妻子的艰辛，对妻子离他而去也更加理解，他决心今生用最大的努力回报妻子和女儿。

但还没有找到工作的李应实在无力一人抚育这个捡来的孩子，他又想到了洪斌。洪斌夫妇都以事业为重，一直没有要小孩，记得之前洪斌曾向李应提过领养的打算。

李应买了北上的车票，带上孩子和所有装备出发了。

在一家餐馆里，李应等到了刚加完班的洪斌。一见面洪斌就兴奋地抱起孩子，又亲又逗，说："好漂亮的小公主，长得真像她妈妈。"

"你应该不认识她妈妈。"李应低声说道。

洪斌一时呆住，说："我说兄弟，你这是几个意思？"

"哈，也没那么复杂。"李应说，"我在海边捡到的，自己实在养不起，想到你说过想通过捷径当爹，就给你带来了。"

洪斌叹了口气，轻轻地晃着孩子，说："我还以为是可欣带着孩子回来了呢。"

"说正事，"李应说，"我带孩子去医院仔细检查过了，很健康，你带回去给嫂子看看，你们领养了吧，你在政府部门工作，办理各种手续也方便一些。”李应期待地看着洪斌。

“其实我没给你说透，”洪斌说，“我们两口子现在也没精力养孩子，上次说到领养的事情，其实是为国家招揽人才。”

“什么意思？公务员考试年龄放宽到婴儿了？”

“不是不是，这可是机密，你不要乱讲啊。”洪斌说，“我们部门新成立了一个机构，从小培养一批精英，将来都是国家的利器和栋梁之材。”

“训练特工啊，还从婴儿抓起！”李应瞪大眼睛，“你们有没有研究过劳动法。”

“你小点声，”洪斌环视了一下四周，“也没办法，现在基础教育时间周期太长，社会分工也越来越细，从大学毕业生里选拔人才太晚了。越是特殊职业越是如此，我总不能在小学和幼儿园里贴招聘广告：请把你们的孩子送来吃苦！做父母的谁答应啊。”

“不过你放心，”洪斌看到李应一脸茫然，继续说，“孩子会有一流的生活条件和教育，只是从小多吃一点苦。将来也会有一个精彩的人生。国家就是一台复杂的机器，你究竟做哪个部位的零件是很关键的，不是吗？”洪斌抱着孩子斜眼看着李应。

“好吧。”李应无奈地说道。

洪斌说：“这孩子是你带回来的，起个名字吧。”

李应说：“你们不都是用编号吗？007 什么的。”

“你故意的吧，”洪斌说，“名字是要伴随一生的。你读书多，给她起个好名字。”

李应说：“字条上落款单字姬，应该是她妈妈的姓了。那天的海很安静，否则我也发现不了她。就叫姬海静吧。”

“好听，”洪斌又逗了一下怀中的孩子，“你有名字了。”

姬海静在洪斌怀里不哭也不闹，洪斌和李应聊起了工作上的事情。

李应：“你们下一步准备怎么对付网灵？”

洪斌：“很难办，总之我们不能和网灵单方面闹翻，这个星球上除了网灵，还有很多国家对我们虎视眈眈呢。”

李应：“但这不是一个国家的事情啊，是全人类要共同面对的危机。”

洪斌：“没错，是全人类。那你翻翻历史，看看哪一次全人类的危机我们能处理得好？气候、污染、战争、核武器，还有经济危机。还不是在全球联大会议上一致高度关注，下面各做各事。”

李应：“这次和以往不同，没准会终结人类文明啊。”

洪斌：“嗯。其实我们和A国在网灵的事情上是有合作的，但难度可想而知。你今后也参与进来吧，去A国的机会多一些，看看老婆和孩子。”

李应：“目前和A国达成了什么一致性的具体举措？这问题是不是又涉密了？但我真的很关心。”

洪斌：“是啊，高度机密。要不给你透露一点，但你今后要为国家效力才行。”洪斌给李应开了个玩笑，其实他早已将李应列入了核心小组成员，李应是邢院士推荐的唯一人选。

李应：“为国效力，无上光荣啊。”

洪斌：“在政策上阻止人类社会全面实现自动化，特别是大工业系统决不能自我闭合，无限期阻止仿人智能机器人的推出，直到我们彻底掌控人工智能。”

李应：“这种严重阻碍生产力发展的政策也能和 A 国达成共识，看来人类真的是怕了。”

洪斌：“没有别的办法啊，自动化一旦在人类生产力链条上全面实施，那这个世界上每一件物品都可以自动生产，网灵和人类正式决裂，它目前掌控了包括军方系统的多少核心领域谁也不知道。不过今天看来，网灵还在和我们玩猫捉老鼠的游戏，否则它无法养活自己啊。”

李应：“那智能机器人又怎么说?”

洪斌：“第一次工业革命，我们从体能上退出了生产力系统；第二次工业革命，我们从复杂劳动上退出了生产力系统，顺便发明了计算机；在此之后，我们又从脑力上退出了生产力系统，把大规模的运算交给了电脑。就算网灵不出现，我们迟早也会将最后的意识形态从生产力系统中退出，从而完全退出生产力链条，过着安逸又富足的生活。其实我们奋斗了几千年，一直在向这个目标努力奔跑。”

李应：“是啊，眼看就要实现了，又冒出来个网灵。”

洪斌：“所以我们突然清醒了，也害怕了。其实网灵不该现在暴露身份，它应该耐心地等下去，早晚有一天这个世界是它的，或者是它们的。”

李应：“也许网灵的智商也是个成长的过程。或者是人家太聪明，看着我们这些低等智慧生命做事情太慢了，等不及了。”

洪斌：“你说得有道理啊，那在生产力链条还没有达到自我闭合的现阶段，智能机器人就是一条捷径。这个社会目前的所有元素都是我们人类按照自己的使用习惯打造出来的，一旦智能机器人出现，它可以一夜之间将人类从劳动岗位上全部替换下去，而机器人的意识则由网灵支配，继续维持工业生产。所以，我们不能让这种人类的直接替代品出现得太早。”

李应：“邢院士也跟我说过这件事，但我觉得只要发电系统、精密制造和运输系统实现自动化，计算机系统就基本上可以自我复制了。”

洪斌：“你把人类的生产力链条看得太简单了。举个例子，无人核电站已经有了，检修工作也是由专用机器人去做，但检修机器人坏了，还得由人类去修复。更容易理解的是计算机每一个零件都是自动化生产线上做出来的，但它的电源线必须靠人手插上去才行，这种细节太多了，随便一个重要设备的自我生产无法实现，很可能只是因为缺少一个送快递的小哥。人类已经渗透在生产力的每一个环节，盲目淘汰人类的结果是同归于尽。”

李应：“有道理，以后我就做一个人工智能的学术权威，只研究计算机程序，把想搞仿人机器人的同行逼到死角，哈哈，也算是为国效力吧。”

洪斌：“我的学术权威，你的工作找得如何了？”

李应：“你把这样的信息都告诉我了，我还担心找不到工作吗？你不怕我去研发智能机器人，有网灵的帮助，什么事情做不成？赶紧的，给我弄个高校做个博导什么的吧。”

李应说到这里，发现洪斌的脸色很凝重，便问：“怎么了，你们真的发现网灵找到合作伙伴了？”

洪斌沉默了一会儿，说：“你最近和百里川有联系吗？”

“什么意思，怎么把话题岔到这了？”李应说，“你们不会盯上百里川了吧，人家可是白手起家、勤劳勇敢的企业家。”

洪斌：“不只是他，还有四十大盗、企鹅帝国和千度几家公司。不瞒你说，自从你在证券公司辞职之后，百里川的公司爆炸式发展，资本积累的速度超过任何一家公司，而且幕后查不到利益集团的支持和运作。”

李应：“我知道你们两个一直没有共同语言，但也不能看着老同学发财了，你就心理不平衡吧。我倒是觉得四十大盗更值得你们去查查，一听名字就觉得有问题。”

洪斌：“这些就不用你操心了。但百里川已经开始收购世界上最顶端的机器人公司了。”

李应：“好吧，我找机会和他聊一聊。”

这时，姬海静开始哭了，弄得两个男人不知所措，看来只能聊到这里了。

李应起身亲了亲姬海静的额头，走出门的时候回头问了一句：“组织安排我去哪里工作啊？”

洪斌一边哄着怀里的姬海静一边说：“就在你那个城市的一所大学吧，人家给出的待遇不错，比我的年薪还高。”

李应伸出一个大拇指，摇了摇，没说一句话，转身走了。

十

李应再次见到百里川的时候，是在一个建筑工地现场，各种机器的噪音震耳欲聋。

百里川拄着一根手杖，凝望着一栋还没有完工的建筑。

“有必要盖这么高吗？”李应从百里川身后走过来，站在百里川身边。

百里川没有看李应，说：“这代表了文明的高度。你说它应该有多高。”

李应：“我打赌，你的办公室一定在楼顶，站在文明之巅呗。”

两个人哈哈大笑。李应自从婚礼后就一直没见过百里川，尽管他们在同一个城市。

百里川：“听说你从花城学院学成归来了，准备拿什么大作来点化我们这些凡尘俗子啊？”

李应：“扯什么呀，找个工作都费劲。理想抱负养不了家啊。”

百里川：“要不来我公司，做个技术总管，你开个价。”

李应哈哈大笑：“你小子果然发大财了，口气都不一样了。

这几年生意这么好，是不是有贵人相助啊？”

百里川转过头看着李应，脸上没有一丝表情，说：“应该感谢这个时代，我选对了行业，你也选对了专业，而洪斌选对了职业。我们都是幸运的，因为有幸目睹了一个大时代，一个人类历史上最大的变革时代。”

李应心想，虽然大家都不见面，但百里川了解的信息还真不少。感觉到百里川的语气有些拘谨，李应想缓和一下气氛，便说：“那你说吧，我们要为这个大时代做点什么事情？”

百里川：“尊重生产力发展的规律，推动它，而不是违背它。”

想到之前洪斌所说的事情，李应不免对百里川产生了怀疑，但他了解百里川的成长过程和偏激的性格，还是无法断定百里川与网灵有瓜葛。

李应：“好吧百里，以后要是有人工智能领域的项目，希望我们多多合作。”他拍了一下百里川的肩膀，说：“今天没别的事，就是来看看你。”说完转身就走。

百里川也觉得老同学多年不见，今天的谈话过于严肃，他转过身说：“邀请你来公司是真的，我们一起干吧。”

李应没有回头，摇了摇手，边走边说：“你说晚了，我已经和南方大学签了约。已许国，难许卿。”

李应到南方大学报到后，一切顺利，很快进入角色。在小梅的辅佐下，李应两年内拿到了好几个国际计算机领域的奖项，高水平的论文写了一大堆，学校把李应当作重点培养对象，给他个人成立了人工智能研究所，一栋独立的小楼供其使用。很快走上事业巅峰的李应经常回想起百里川的那句话：选对了专业，感谢这个时代。

李应将小梅安置在了一个非常安全的环境中，更换了一套高质量的服务器做小梅的硬件，小梅获取外界信息全部通过离线方式，尽管李应能够确定小梅具备人类情感和认同感，但他还是坚持将其与外部网络世界隔绝，以确保安全。李应的学生里只有一个人能接触到小梅，这个学生是洪斌所在的单位送来委托定向培养的，要经过严格的政治审查，硕博连读毕业后，直接进入国家技术安全局工作。

李应秘密加入了国家技术安全局的特别项目小组，不定期和洪斌沟通研究网灵的应对方案。经历了邢院士事件，特别项目小组也提高了安防等级和信息保密等级。在外界看来，李应是一个典型的充分利用学术界游戏规则的既得利益者，殊不知他还肩负着沉重的历史使命。

十一

一天凌晨，李应接到洪斌的专线电话，让他清早起身飞首都，机场有人接，但没有交代任何事情。李应感到了情况的紧急。

到了首都，一路上接机人员没有一句话，直接将李应送到了国家技术安全局。以前虽参加过多次重要会议，但李应还没有遇到过这么神秘的约谈。

见到洪斌，按照惯例，随身的通信设备一律要上缴。洪斌也显得比往日紧张和兴奋。他说：“一会儿我们参加一个高层会议，你将见到一些大人物。老规矩，会议内容高度保密。”

李应跟在洪斌身后，快步走在像迷宫一样的大楼里，洪斌边走边交代：“会议时间有限，一会你要切中要害地发言，拿不准的不要讲，发音要清晰。”

李应问：“会议主题是什么？”

“一会儿你就知道了，还是老话题。”洪斌不愿多说一句。

李应随洪斌走进一个会议室后，顿时愣住了，没想到自己亲眼看到了在电视中才能看到的人物。李应的心中热血沸腾，他感觉到了自己工作的价值，暗暗鼓励自己即使粉身碎骨也要报效祖国。

洪斌捅了一下发呆的李应，李应才反应过来，向在座的人鞠了一个躬，按照洪斌的引导坐下来。

工作人员给每人端上来一杯茶水，然后将大门关闭。坐在主席位的长者开口说道："今天我们请国际人工智能专家李应教授参加内部会议，一起分析一下最近遇到的情况，研究对应的策略。"说到这里，长者将目光从李应身上移到一位军人身上，说："上校，你先说吧。"

这位军人马上起立、立正、敬礼，军人的风采展现无遗。

会议室一侧的墙壁上出现了投影的画面，军人说："尊敬的主席，各位领导，各位专家，我刚刚从代号为'抵制失落'的国际联合军事演习现场回来，将 A 国军队的最新情况汇报如下。"一边说一边切换投影画面。

"这次我国和 A 国的联合军演，假想敌是无人化地面机械军队。我国和 A 国均派出了装配火力的外骨骼军用机器人。"幻灯片又翻了一页。

李应像是在看科幻电影，虽说无人机和无人船早已在军方使用，而且已经投入过真实战场，但这种在电影里才会出现的由人操控的大型战斗机器人他还是第一次这么近距离地了解到。

上校："由于是实弹演习，临战时 A 国士兵拒绝登上外骨骼机器人，理由是担心对方炮火击中驾驶舱，可能造成人员伤亡。最后以遥控方式完成了演习。"说到这里，上校脸上露出骄傲的神色，"我方士兵坚定地完成了任务，视死如归是我们军队的光荣传统。"

“在这次实弹对抗演习中，我们不幸失去了两名英勇的士兵，”上校语气沉重，“但他们的牺牲换来了重要的情报，请看。”他翻过一页幻灯片。

“这是一块我军士兵冒着生命危险从演习现场捡回来的电路板，这块电路板来自一台被炸毁的A国直立行走战斗机器人。”投影的画面上显示出一块残缺的电路板，上校继续说道：“我们发现这块电路板比一般的要厚很多，经过技术人员解剖分析，原来是由双面板集成的两套硬件系统。一面是常规的人工肢体控制系统，也可以远程遥感控制，这两者之间没有本质区别，远程信号更容易被实战中的电磁武器干扰和破坏。而背面的这套自主控制系统虽然没有被激活，但可以断定的是A国已经做好了足够的准备，将陆地战场机器人自主化。”

上校的语气变得激动：“各位，一旦A国将这种自主控制的战争机器人大批量生产，将来战场的模式会彻底改变。我们曾经和现在所珍惜的军人精神将毫无用武之地，将来的战场是技术员和程序员的战场，而战前鼓舞士气和激励士兵的传统将被沉心静气地测试设备和调试信号所代替。在战场上有生命的士兵遇到没有生命的机器时，心理平衡将被彻底打破，勇气和信念将直接面对纯粹的技术问题。传统军人即将走下人类战争舞台。”

“但作为军人，我们并不为战争模式的改变而遗憾，保卫祖国和人民是我们的终极使命。”上校继续说，“令我们感到不理解的是，为何我们不去准备迎战。说句不太专业的话，随便将目前的一台家用智能割草机的控制系统移植到装甲车上，都是一件战争利器，更不用说将无人汽车或更加专业的人工智能技术用在军事上。而我们又在等什么？”

长者用手示意上校坐下，目光落在李应身上，说：“李教授，你怎么看。”

李应终于明白了今天参会的意义，原来是国策难以取舍。他清了一下嗓子，说：“各位，我们人类拿起工具从动物界中走来，接管了这个星球，创造了文明，发展了科技，通过几次工业革命，将自己对地球的管理权限先交给了蒸汽机，然后是电力系统，现在又更多地交给了计算机。我们的生活变得舒适，这全部得益于我们对工具的信任和依赖，但获得巨大成功的同时也埋下了危险的种子。今天，这颗种子已经发芽了。”

所有人都在关注着李应的发言。

“二十年前我们在计算机网络中偶然发现了网灵，一种自主思考的计算机程序，直到目前为止我们还没有证据来确定这种数码生命体来自人造还是自然演变，就像我们人类自身的生命起源一样，还是个谜。这些年来，我们一直在追踪研究网灵，它体现出明显的生命进化特性，我们有理由相信这种新形式的生命体有诉求和目的。幸运的是，我们及时发现了它，而社会的自动化程度还没有达到无人化运行的地步，所以我们人类和网灵目前是共生关系，但一定会存在竞争。我们无法想象计算机程序接管这个星球之后会如何对待人类，至少我们目前还没有做好准备。令人担忧的是，我们已经开始加速，加速向生产力链条自我闭合的目标发展。经过这些年的研究，我们发现很多关键技术没有确定的出处和发明者，我们可以将其归结为全人类智慧的结晶。即使如此，我们不得不担忧隐藏在浩瀚计算机网络数据海洋中的网灵。

网灵是我们人类共同面对的挑战，所以十年前特别项目小组经过高层授权，与国际上几个主要国家的高层进行接触，共同应对网灵问题。A国在这个问题上做出最为积极的姿态。但我们低估了人类自身竞争的惨烈程度。我还是认为应该与A国进行协商，建立进一步的信任，共同面对网灵的挑战。如果在地面战斗机械部队上实现无人化，那网灵又多了一个挑战人类文明的重要砝码，它可能随时可以发动文明革命。我想说的就是这些。”

“各位，”长者双手撑在桌子上，站了起来，“作为一个大国，我们愿意积极承担人类共同面临危机的重要责任，而且我们也一直是这样做的。”他离开了座位，继续说道：“但我不能为了一个可能潜在的威胁，将自己的人民放在危险的边缘，相信你们和我一样难以取舍。特别是最近，我们和A国几乎同时完成了远程导弹防御系统的密集测试，维持多年的核平衡历史将被翻页，大国之间又在寻找新的平衡点，世界格局又在酝酿着巨变，你们说得没错，今后的世界是一个关键技术决定格局的世界，人类的力量将变得越来越渺小，所以今天我们更加关注技术专家的看法。但我相信李教授和我有相同的结论，我们要有充分的准备，使我们的人民远离危险。”

李应和洪斌相互看了一眼，点点头。

“我授权军队技术部门制定方案，详细的方案报告一周后提交军事委员会讨论通过。国家技术安全部门的负责人也要参加。”长者威严地说道，“散会吧。”

洪斌亲自开车送李应到机场，一路上李应无话，好像还在回味着刚才的高层会议。听到洪斌吹起了口哨，李应转头问：“这么一来，你现在的权力不小啊，都开始插手军方事务了。你负责的国家技术安全局应该不只是个厅级单位吧，你现在到底做了多大的官啊?”

“重要吗?”洪斌漫不经心地答道，“难道你不关心姬海静长多高了?”

“对对，这孩子现在怎么样了?”李应问，“自从交给你之后我还没见过她，时间过得真快啊，一晃20多年了。”

洪斌说：“其实我也很少见到海静，据说不错，各项成绩都很优秀。突然想起另外一件事，跟你聊聊。”

“说吧”，李应看到洪斌岔开话题，有点失望，“不会是想给我换个项目小组，搞人工智能无人坦克吧。”

洪斌说：“我这边项目组的人发现，最近网灵频繁地查询一个学生的国家档案资料，但我们没有发现这个学生有什么特别之处，工科背景，从近期个人搜索信息上分析是准备毕业后继续攻读博士，碰巧的是你在他的搜索范围内。”

“想读我的博士?”李应问。

“说不定，不确定，没准，也许吧。”洪斌无奈地说，“你看，我们人类的可爱之处就是人生充满了阴差阳错，不像计算机那样精准。”

“这孩子叫什么名字?”李应问。

“叶同。”

第三章

文明之巅

一

叶同拒绝学院为他更换导师，并且在导师不在场的情况下完成了博士答辩。

博士毕业后，叶同联系了姬海静，询问是否可以到威岭集团继续做研究。威岭集团这边也知道了叶同的遭遇，对他很同情，答复叶同随时可以回来继续工作，而且邀请叶同正式加入威岭集团。

叶同报到那天，百里川专程从国外赶回来。

由于叶同已在威岭集团有实习经历，正式入职时省去了一些程序。在姬海静的陪同下，叶同又站在了百里川的办公桌前。

百里川："对于你之前在威岭的工作，我很满意，非常欢迎叶博士就职我的公司。对李如诗遭遇的不幸我很遗憾。"百里川转动了一下椅子，继续说："我理解你的心情，加上你刚刚完成博士答辩，想必身心疲惫。虽然现在已正式入职，但你不必马上投入到繁重的研发工作中，可以换个比较轻松的岗位调整一段时间。当然我希望你尽快恢复状态。这些由你自己决定。"

叶同很感激百里川的关心，他知道在威岭这样的高薪企业里是没有闲人的，但听到百里川的建议，他还是动心了。

叶同："感谢百里总裁，如果可以的话，我能否做一段时间的人事工作，熟悉一下总部的人员管理，以便后续更好地开展工作。"

百里川听到叶同对总部的人事管理工作感兴趣，非常高兴，对姬海静说："海静，叫人力资源部张经理马上到我办公室来。"

两分钟后，一位年轻的男子站在了百里川面前，一脸热情洋溢的笑容，一身笔挺的西装，头发梳理得一丝不苟。张经理先向百里川鞠躬，再向姬海静鞠躬，认真地等待总裁的指示。

"张经理，"百里川说，"给你带薪休假一个月，去旅游吧，差旅费由公司报销。离开之前把你手上的工作与叶同先生交接一下。"百里川指了一下叶同。

张经理的笑容瞬间凝固了，他有些激动地说："总裁，我这些年来在集团尽心尽责，对集团和您一片忠心，各种业绩数据分析也可以证明，与国际上同类公司相关岗位的从业人员相比，我的工作成绩是突出的……"

"呵呵，"百里川笑着伸手摇了摇，打断了张经理的陈词，"你误会了。我对你的工作以及你本人非常认可，只是想让叶同博士熟悉一下人事管理工作。他是集团未来的重点研发项目首席专家，高级技术岗位，不会抢你饭碗的，等你休假回来就给你复职。"

张经理仿佛听明白了，对百里川连连道谢，对叶同鞠躬致意，就像是看到了威岭集团未来的总裁一样。

百里川布置完工作后，起身离开。他今天的心情格外好，笑声不断。

叶同跟着姬海静走出总裁办公室，边走边问："海静，这个人力资源部经理主要负责什么事务啊？"

"当然是美差，"姬海静说，"这栋大楼里所有的礼仪接待小姐都归你管，都是模特水平，希望你能调节好心情。"

叶同斜眼看着姬海静，继续问道："那面试新员工是不是也归我管啊？"

姬海静停住脚步，说："当然，这些事情还要请你去找张经理交接。"说完转身离去。

叶同不敢再打扰姬海静，他心里想，智能机器人的事情也不会放下，我只是有更重要的事情要办。

二

叶同刚刚正式接手人力资源部经理的工作，就开始了密集调研。他用一个星期的时间了解了大体工作程序后，便动手改革威岭集团总部大楼对外接待工作人员的内部培训。

培训的具体内容是规范接待工作人员的姿势和语言，简单点说，就是所有的接待工作人员在工作时肢体动作标准化，接待语言使用标准用语，把人训练得像机器一样精准。这种工作方式虽然不够人性化，但提高了工作效率，改善了集团总部的风貌，也算是一点成绩。

叶同对自己的改革很有信心。

完成了内部培训之后，叶同马不停蹄地启动了新员工招聘工作。威岭集团是国际上赫赫有名的超级企业，总部岗位薪水丰厚，应聘者蜂拥而至。

叶同之前一直做学生，现在一步做到了人事经理，才发现招聘程序和他之前想象的完全不是一回事。

今天的每一个合法公民都建立了国家个人信息档案，一个人从出生到死亡的所有信息都记录在内，甚至包含祖辈信息。这些个人信息非常详尽，但受法律保护，由国家数据中心统一保管。

国家个人信息分五个等级，一级个人信息是最基本的，主要是标识个人身份和经历，本人也能查到；二级以上个人信息需要国家数据中心和本人同时授权，根据查询人和查询单位的级别，对应不同的信息查询权限；最高的五级信息只有国家机构可以查询，不需个人授权。所以说，一个合法公民需要将自己的所有个人隐私全部上缴，才能得到法律的保护和国家的保障。

叶同所在的威岭集团是国内为数不多的高级企业，人力资源部经理有权查询应聘者的四级个人信息，当然也受保密协议约束。当一位应聘者将自己的身份卡交给叶同之后，等同于个人授权，叶同可以将应聘者的国家个人信息从网络中调出，这个人出生之后的所有相关信息均展示在叶同面前，比如从小学开始每一次测试的成绩、扣分的题目、平时老师的评语、受到的奖励或惩罚、喜欢看的书、经常听的音乐和父母的职业，以及乘车刷卡由于姿势不正确导致刷卡失败的概率等。叶同将这些海量的数据导入一个分析软件，这款软件可以在很短的时间内对应聘者做出分析报告，此报告精准到适合的具体岗位，以及今后的人生发展预测。虽然对个体来讲，这种分析结果不一定十分精准，但对于一个群体来讲，还是非常有效的。由于数据库足够庞大，随着时间的积累，分析软件的偏差越来越小，判断错误的概率越来越低。几乎所有的决策者在招聘新人的时候都采纳了分析报告的结果，因为没人愿意为了栽培一个很小概率的潜在优秀人才，而使自己的业绩大概率地受到影响。不要忘记，决策者的招聘工作成绩也会记录在他的个人信息档案中，所以，跟从效应又进一步反馈强化了这款专业分析软件的正确性。

“人命天定”，叶同了解了招聘程序之后发出感叹。他回忆起导师李应曾经聊过他当年的应聘，那时毕业生需要制作个人简历，甚至要针对不同的岗位做不同种类的简历，由用人单位根据简历判断一个应聘者是否适合岗位，其面试的过程又有很多戏剧性因素。而且，当年是通过一次全国性的考试，来确定一个人就读的大学，甚至专业，进而影响到今后的人生路线。那时的人生充满了阴差阳错，也充满了未知和幻想。

现在不同了，数据使任何事情都变得更加精准，而生活也失去了激荡，“这也许就是个体意识消亡的前奏吧”。“难道五级个人信息是一个人的基因解密数据?”叶同很想看看自己的国家个人信息，但自己又没有权限，看来人类还是希望每一个个体尽量都充满激情地去生活。

又有一位面试者坐在了叶同面前，她将自己的身份卡递给叶同，然后按照程序做了简短的自我介绍，其实自我介绍没有实际意义，这个程序只是给决策者留一定的时间审查分析报告。

这个叫应琦的女孩嗓音清澈，眼睛明亮，给叶同的第一印象非常不错。遗憾的是，应琦的分析报告结果与她应聘的岗位有很大差距。叶同不忍直截了当地把残酷的现实丢在这么一个阳光的女孩子面前。他突然想和应琦多聊一会儿。

“应琦小姐”，叶同一本正经地说，“刚才你说到，你的职业目标是要做总裁助理，现在我想听一下你是如何规划的。”

应琦绽放出一脸灿烂的笑容，自信地说道：“我可以从集团涉外酒店一个普通的服务员做起，通过努力工作，得到同事和上级的认可，争取几年后升为领班；之后就有机会与酒店主管直接接触，我会在业余时间自学相关的管理知识，尽力多分担上级的工作，申请担任酒店主管助理；再努力工作几年，按照公司选拔干部规定，争取通过上级的推荐，换岗到其他部门积累工作经验，等时机成熟时，我会提出到总部助理办公室工作的申请；如果能够梦想成真的话，我想做姬海静的助手，跟她学习管理经验。我还年轻，我会努力的。”

叶同无奈地挠挠头，实在不想告诉应琦，其实姬海静比她只年长两岁，而这之间的距离又怎是两年可以改变的。但面前这位女孩，谁又有权利否定她的理想或梦想呢？叶同痛苦地反思着。

看到叶同长时间没有说话，应琦担心自己的表述不合适，又说道：“其实我很崇拜姬海静，她是我的榜样……”

说到这里，叶同面前的显示器开始提示，“职业规划偏离度56%，未来职业满意度低于标准35%，半年后离职率82%，建议不录取。”

听取应聘者表述的不只是叶同，还有一个人力资源专用计算机。叶同这些天被电脑操纵的愤怒终于爆发了，他强行关掉了电脑的电源，这间小型会议室里只剩下了人与人之间的交谈。

“应琦，我来给你讲述另外一种可能。”叶同说，“按照你现在的条件，正如你所说，公司只能给你一个普通服务员的岗位。在这个岗位上你要工作5～8年，这是公司的规定；在这段时间里你要自学与酒店管理相关的7门课程，其中2门课你还需要修读它们的基础知识，因为你的知识体系中缺少这个环节；做到这一点，你被任命为领班的概率超过百分之五十；当你下一步申请担任酒店主管助理的时候，你的年龄已经超过公司的要求，必须离开窗口服务部门，很可能换到后勤基层岗位，按照公司的人才选拔政策，你必须再做一届后勤领班，但你必须补习楼宇自动化和智能控制的专业知识，遗憾的是你不是工科生，还需要从基础课程学起，利用业余时间做这些事情，即使你再勤奋也需要4～5年时间；假设你走到了这一步，有希望进入总裁助理办公室做一名普通的职员，你又发现需要公司对你进行进一步的培训，这个培训学习需要2年时间，主要是熟悉整个集团的主要业务和运行模式，而公司很可能不会对你进行培训，因为你能够为公司服务的职业时间所剩不多。如果真到了那一天，我想你的看法会和现在有很大的不同，因为没有多少年你就可以享受社会的福利保障，免费的医疗和稳定的退休金。谁会愿意为了一个相同的结果而付出多余的努力，从而严重影响自己二十余年的生活质量？你也可以换几家公司试试，但结果几乎是一样的。你努力向上走出的每一步，都会遇到一些比你更年轻、知识结构更合理、所受教育和培训更专业的竞争对手，你无法战胜他们。这个社会给你预留的最为合适的位置，也许在你降临到这个世界之前就已经确定好了，至少大体已确定。”

叶同在说这些话的过程中，眼睛一直盯着应琦，应琦脸上的笑容不断地融化、蒸发，最后只剩下无奈。

“叶博士”，应琦的语气变得沉重，“其实我已经应聘过十几家公司了，结果正如你所说，你这里是我决定参加的最后一次应聘，但我还是尽了最大努力，连续三天我都在练习微笑。为了给你留下好的第一印象，我甚至查阅了你的简历。我羡慕你，你是一个才华横溢的技术人员，但今天坐在了人力资源部经理的位子上来面试我，想必是集团为了进一步重用你而增加你的工作阅历。”

说到这里，应琦脸上露出了无奈的沧桑，与她的年龄极不匹配。叶同也吃了一惊，没有想到应琦会抛出这些话。

“我还是很感谢你，”应琦继续说，“一直以来我都在怀疑自己的判断，今天你坦率地证实了这一点。我想我对自己的决定不会后悔，你是我在这个文明世界里最后一个倾诉者。”

叶同隐约感到了情况不对劲，他再次检查了这个小型会议室里所有的电子设备，确认都处于关闭状态。果然不出所料，应琦向叶同提出了一个非常沉重的问题。

“我的行李都已经准备好了，离开贵公司之后我将起身去另外一个世界。”应琦变得平和而安详，她抬头说：“叶博士，你学识渊博，能否告诉我那边的情况？”

叶同思考了片刻，说：“半个多世纪以前，我们人类世界把工业产能推到了极限，人口剧增，城市化加速，人类社会也生产了巨量的垃圾。这些垃圾不仅来自生活和工业，还有武器与核废料，我们无法及时地分解和消化。几个大国认为有责任把地球变得看起来更干净一些，便筹巨资启动了一个联合项目，把目光投向了这个星球上最大的沙漠，计划在几乎没有生命迹象的沙漠中心地带建设一个超级垃圾处理中心。当时一个叫作开拓机械的小公司接过了这个几乎没有竞争的光荣使命，从此改变了人类文明的格局。开拓公司的老总带着他的员工以及从世界各处招募到的志愿者，自称第一代开拓人，在被世界遗忘的边缘开始重新建立人类文明，从一个厂区，一直发展成一个超级城市。半个世纪以来，全世界源源不断地将垃圾运送到开拓城，在那里将各种垃圾分类、分解、无害处理，最后变成标准的工业原料返还给文明世界，再换回一些生活必需的淡水、食物和医疗用品。开拓城就像地球的肾脏一样，从事着繁重而艰苦的净化工作。由于生存条件艰苦，开拓城需要不断吸引并留住一定数量的人口。这也是文明世界所需要的，所以两个世界慢慢地进化出一种特殊的共生关系，相互隔离而又相互依赖。最初阶段，文明世界中一些触碰法律底线和对现实社会不满的人，不断加入到开拓城，开拓公司和各国政府达成共识，默认了这种特殊的人口输送方式。开拓城的生活水平几乎落后文明世界半个世纪，投奔开拓城的人相当于被流放。随着时间的推移，文明世界这边又发生了一些变革，最主要的是合法公民国家个人信息库的建立。国家进化成一个高级独立生命体，作为单个细胞的公民，必须交出所有的个人信息，并且接受控制。任何不被监测和控制的活细胞都被视为体外细胞而被排异。基于这一点，文明体系中绝大多数国家宣布拒绝开拓城的人类返回文明世界，因为那里的人无法建立国家个人信息库。”

“一个失落的世界，也是一个有去无回的世界。”

“即使这样，文明世界里还是有人前仆后继地奔向失落世界。他们有不同的理由，但都是自愿的。然而，开拓者的后代在那里出生并成长起来，他们没有选择的机会，于是文明的冲突不可避免。”

“开拓城发展到今天，相当于一个中等规模的国家，而开拓公司的管理层成了失落世界的决策者。他们手捧对全人类的贡献，高举自由和个体精神的旗帜，向文明世界发出喧闹的挑战。”

“就像无法对自己身体上每一个细胞解释为何如此分工一样，一个人也无法接受每一个个体细胞提出条件平等的诉求，社会也一样。文明世界联合对应失落世界的价值观挑战，将其视为落后的、逆生产力发展规律的产物，并在信息大系统中隔离开拓城，大多数国家立法，禁止在公开场合宣扬失落精神、关键词和标志性事物。政治隔离演变为军事隔离，与那片沙漠接壤的国家已经建立了军事隔离带和禁飞区，两个世界交互的通道只有一条铁路和一个港口。”

“所以说，”叶同看了一眼应琦，“你去那个地方之前，要仔细地考虑清楚。”

应琦平静地说：“虽然你刚才所说的这些，我在网上从来没有找到过，但我清楚我的目的。我还是不能接受一个用数据和软件编写的人生，宁愿将自己所有的努力和梦想交给一个未知的命运。为了拥抱一个渺茫的奇迹，我宁愿放弃安逸的社会保障和高质量的生活条件，去接受一个阴差阳错的生活。”

叶同打心底佩服面前这位刚毅的女子，他从电脑上取下应琦的身份卡，走到应琦面前，真诚地说：“祝你好运。”

“送你留个纪念吧”，应琦轻松地说，“我不再需要这个东西了，那边没有这套系统，不问人的出处，也不预测将来，只看你今天的表现。”

叶同表示赞同地点点头，说：“我想请你帮一个忙。如果在那边遇到一个叫叶问香的女孩，代我向她问好，如果可能的话，给她一些力所能及的帮助。”

“你妹？”应琦睁大眼睛，“她大概长什么样子？”

“哦，不是，”叶同显得有些慌乱，“也许她改了名字，改了模样也有可能……这种偶遇的概率很小，还是算了……”

“呵呵，原来是你的牵挂。”应琦开心地笑了，“我答应你了。”

“谢谢，”叶同与应琦握了一下手，“再见。”

“希望不会再见。”应琦说完，转身离开。

三

自从邂逅应琦，叶同不再关心新员工的招聘工作，似乎他已经完成了自己的计划。

不久，带薪休假的张经理归来，叶同将人力资源部的工作交还给他。张经理高度肯定了叶同这一个月的工作，表示要坚决将叶同制定的政策贯彻到底。而叶同的关注点也早已回到他的研究工作上，习惯晚上加班的他，马上恢复了智能机器人的研发，技术开发部的那一层楼，晚上又开始亮灯了。

一天下午，姬海静来到了叶同的工作室，她向叶同宣布了一个好消息。百里川派叶同代表他本人参加一个高端聚会，由姬海静陪同。

叶同对聚会和饭局之类的活动不是很感兴趣，他以赶工作进度为由，和姬海静商量能不能让她一个人去。

姬海静耐心地对叶同说："这个聚会一年一次，参加者都是当今世界的权贵，对集团很重要，百里总裁将这样的机会给你，你应该珍惜。"

叶同听到这里，终于露出笑容，答应了姬海静。姬海静离开以后，叶同长叹一声，又陷入了沉思。

叶同带上出差的行李，和姬海静一起坐飞机来到一个大洋中的岛国，换乘了一艘快艇，在海上行驶了小半天时间，在太阳消失在海平面的时候，终于到达了目的地。

叶同之前一直认为这个世界上最奢华的场所应该是一座现代化技术装备的古堡，或者地下宫殿之类的建筑。当站在快艇甲板上仰望这座海上城市时，他才知道，人类最奢华的东西原来在海上——一艘超级游轮。

快艇直接开进了游轮的“肚子”里，叶同和姬海静乘坐电梯登上了这座豪华的海上城市。叶同仔细打量着能够看到的一些细节。“用这钱给我做机器人，我都能打造一个军队了。”叶同嘟囔着。

“注意你的言行，”姬海静在叶同身边低声提醒，“你可是代表威岭集团参加宴会的。”

出了电梯之后，几个保安拿着仪器对叶同和姬海静进行安检，叶同配合地举起双手，保安熟练地上下扫描。叶同扭头打量了一下姬海静，不知道什么时候姬海静已经换上了一身晚礼服，虽然头发短了一些，但比平时多了些淑女气质。

通过安检后，叶同问：“这船的主人是谁啊？”

姬海静说：“一会儿你就知道了，只有这艘船的主人有随从，其他人不管身份多显赫，也只能单身赴宴。”

叶同又斜眼看着姬海静。

“看什么看，我可不是你的随从。”姬海静有点生气，“当然你也不是我的随从。”姬海静似乎对自己语言细节的不严谨做出了妥协，说：“好吧，你是特殊了一点。你是个新人，你做的事情和你代表的集团十分重要，所以我们是特批的。”

叶同满意地露出了微笑，心想“超级机器人”姬海静也有逻辑混乱的时候。

两人走进主厅，宴会已经开始，宽敞的大厅里站满了人，大家在享用自助餐，自由地交谈。姬海静挽起了叶同的一只胳膊，瞬间变成了一个小鸟依人的小女生，拖着叶同走进人群，偶尔遇到向姬海静打招呼的人，叶同也陪着一起点头示意。说实话，叶同刚走出校门不久，还没见过这么大的场面。

姬海静没有在任何人面前停留，拖着叶同穿过人群往大厅里面走，被人群遮挡的视线逐渐清晰，姬海静小声对叶同说：“看到正前方那个隔间了吧，里面坐着几个人。”

叶同点点头，“嗯，面对我们坐在正中的那位，身后站着一个魁梧的保镖，今天就是他过生日吧。”

姬海静说：“没错，那位就是今天宴会的主人，卡卡王子。”

“王子？”叶同诧异地看着姬海静，“这个世界上还有国王？”

“上帝都有，只是你还没看到。”姬海静冷冷地说。

两个人走到隔间门口时，里面的人停止了交谈，一起打量着来者。

姬海静先开口说道：“尊敬的卡卡王子，各位老总，非常抱歉飞机延误，我们迟到了。”

卡卡王子保持着微笑，用眼神向旁边的服务人员示意了一下，马上有人在桌子对面摆上了两张沙发。

叶同被姬海静扯着胳膊没机会坐下，他打量着桌子周围横七竖八斜在沙发上的人，和电影大片里的差不多。

姬海静没有马上坐下，她继续说道："百里川先生献上的礼物，在登船的时候已经交给接待人员了，祝卡卡王子生日快乐。"

"各位，请允许我介绍一下，"姬海静朝叶同的方向做了个手势，"这位就是百里川总裁的特别代表，叶同博士。"然后，姬海静向叶同介绍在场的几个人，而叶同根本记不住这些奇怪的名字。显然，姬海静和在场的所有人都很熟悉。

卡卡王子示意两人先坐下，他向身后的保镖举了一下手，保镖指示隔间的其他服务人员马上离开。叶同心想，看来这小范围的聚会还要等他和姬海静到场才开始。叶同看到桌上的大奶油蛋糕画着世界地图，但不是很标准。他也明白了姬海静说的她不是随从的意思，因为在场只有一个人站在卡卡王子身后，其他人全部都坐在沙发上。

卡卡王子欠了欠身，说："我代表这个世界，欢迎叶博士的到来。"

其他人的肢体位置分别做了一些微小改动，算是对卡卡王子的响应。

叶同有了第一次见到百里川时握手的尴尬经验，这次变聪明了许多，也微微点头示意，其实他自己也不清楚威岭集团在这帮人面前有多重的分量。

卡卡王子看了看在座的每个人，说："各位。大多数人所了解的这个世界，一般是按国家版图来划分的，"他指了指蛋糕上的世界地图，"而事实上，世界地图还可以按另外一种原则制定，它的边界有时相互重叠或交织，但并没有引起战争，这说明我们比政府更加高明。"

在场的人哈哈大笑。

叶同也想一起笑，但实在找不到笑点。

“叶同博士，”卡卡王子继续说，“让我们想象一下，由于你的出色工作，这个世界将会变得多么美好。”

右手边离叶同最近的一个胖子把手中的酒杯放在了桌上，发出清脆的碰撞声，像抢答器的铃声。

“我需要这些机器人，”胖子说，“你们都知道，各国政府都在努力保证劳动力岗位，让这个世界看上去每一个人都在光荣地劳动。而真正有意义的劳动有多少，我们，还有他们?”胖子指了指身后大厅里的人们，在场的人呵呵笑了几声，胖子继续说：“一大批无用的人做着社会分配的安慰性工作，主要是为了阻止他们思考人生的意义。我很不幸，我的生意就是安慰这些没用的人，给他们提供岗位，而且数量巨大。尽管各国政府年年给我颁奖，但我并不把它看成是一件光荣的事情，其实我很痛苦。你们都知道，各国的社会保障和福利起点越来越高，人类的生活看起来越来越幸福，而谁来买单？政府只是支付一小部分，我的企业才是拿出真金白银的施主。”

“所以我需要你。”胖子对叶同双手合十，说道：“把你的机器人大批量地做出来，然后交给我。我便不需要更换什么场地和生产设备，直接将那些行尸走肉的废物替换掉，从此再也没人投诉什么工作时间、劳动强度、作业环境，还有，你的机器人不需要看心理医生吧?”

在场的人又爆发出笑声。

胖子旁边一个戴墨镜的人拍了拍他的肩膀，接过了话茬，说："放心，叶同博士的机器人会遵守三大定律，不会把你这个奴隶主绑到火刑架子上的。"

"墨镜"继续说道："虽然我们都是合法公民，但你们总是需要我解决一些法律之外的事情。之前我一直相信，随着法律的健全，我以后会改行。但现在看来我错了，我比以往更忙，法律不让做的事情越多，我就越忙。但我没有赚到更多的钱，因为我的成本也越来越高。现在几乎每个国家都建立了个人信息系统，人人无处可藏，每一次交易完成后，我都得将一个训练多年的枪手送到沙漠里去，而他再也无法回来，我还得训练新人。所以我需要一个柔弱的女子，手捧一束鲜花，走到台前，从容地从胸膛里取出一把枪，准确地射穿某人的脑袋，而没有一丝的恐惧和怜悯。然后'呼'的一声，这个女孩变成一堆没有出厂信息的零件，当然，这可能会误伤周围一些无关的人，但那是赠送的，我不会再另外收费。"

几个人哈哈大笑，胖子笑得最厉害。

叶同终于明白了这些人的来头，以及自己如此受重视的原因。将智能机器人视作自己生命的叶同，内心被深深地刺痛了。而表演还在继续。

"墨镜"对面的一个穿着花衬衣的男人说："我最讨厌的就是你这种血腥的人。"他用兰花指比画了一下对面的"墨镜"，继续说："我也需要大量的女机器人，这种叫法在技术上没有问题吧？你们不知道现在的客人有多变态，而且越有钱心理越扭曲，时不时还搞出人命。但机器人可以陪他们玩啊！我要终生保修的那种。我的场子今后可以改名叫××体验店了，你们谁懂法律？这种玩具店应该不受各国法律约束吧？我想今后我的客人不只是以男人为主了，还承接定制业务，但我可以向各位保证，在座各位的模样不会出现在订单里。”

又是一阵狂笑。

坐在叶同旁边一直赔笑的姬海静，这时也失去了笑容。

大家都在勾勒美好的未来，没有人注意到叶同和姬海静的表情，最后一个“大胡子”也发表了看法。

“大胡子”说：“你们都希望这个世界歌舞升平，我倒希望战火纷飞，因为我卖军火。一个程序控制的机器人，会比任何国家的士兵都无所畏惧，事实上机器人本身就是武器。但这个世界上能够做到这一点的国家不多，A 国？C 国？还有你们几个国家？”“大胡子”看了一下对面的两个人，“未来的战场是机器人的，这更像一场游戏，任何一个以往远离战争的小国都可以参与其中，反正不会死人。哦，也许会死人，比如说一边的机器人全被消灭了，另一边却还没有停止游戏，我们也可以把这种情况归结为技术故障吧。所以说技术很重要。”

卡卡王子站了起来，结束了这场剧本排练：“叶同博士，你看，这个世界都屏住了呼吸，等待你的消息。作为威岭集团智能机器人的首席专家，今天你来到这里，肯定给大家带来了一个惊喜。”

“美丽智慧的姬海静小姐，”卡卡王子继续说道，“我说得没错吧。”

姬海静恢复了职业的微笑，说：“是的。”

卡卡王子拍了一下手，说：“很好。”他转身伸手接过保镖递过来的一把刀，将刀反过来递到叶同面前，说：“我想请叶同博士为我们切开这块蛋糕。”

叶同站起来，接过这把刀，一伸手，将刀架在了卡卡王子的脖子上。

如果这群人能代表全世界的话，那全世界的人此刻都张大了嘴巴看着叶同。

一把手枪几乎同时抵在了叶同的头上。卡卡王子的保镖出手极快。

叶同似乎根本不关心头上的这把枪，他继续握住刀在卡卡王子的脖子上运动，卡卡王子吓得一动也不敢动。

保镖的食指开始扣动扳机。

姬海静站起身，右手压住那支枪，无名指穿过扳机后方，阻止了它的运动，左手托住保镖持枪的手腕，双手一并用力，枪落到了姬海静手中，她关掉了枪的保险栓，把枪放在了桌上。

而这一切，在0.4秒内完成。

四

所有人都改变了坐姿，傻傻地看着眼前这一幕。

叶同将刀插在了蛋糕上，退后一步，双手搭在姬海静的肩上。姬海静面无表情地站立着。

“让各位受惊了，”叶同终于说出了来到这里的第一句话，“这就是我给大家带来的惊喜。”

在座的人面面相觑。

叶同掏出移动通信终端，拨了一个号码，将屏幕内容投影在众人面前。几秒钟之后，画面上出现了另外一个姬海静。

站在叶同旁边的姬海静没有做出任何动作，静静地站立着。

投影中的姬海静坐在威岭大厦顶层圆形办公室内，在座的几位都很熟悉她身后的背景，与百里川在电话会议中的背景一样。投影中的姬海静站起，向现场的各位打招呼：“各位好，站在叶博士身边的机器人，是我集团最新的研究成果，为了给大家一个惊喜，做成了我的模样。请叶博士在现场为各位讲解。同时祝卡卡王子生日快乐。”

投影中的姬海静向各位摇了摇手，切断了连接。

在场所有人都把呆滞的目光移到现场的这位姬海静身上。而姬海静仍旧面无表情地站立不动。

叶同往旁边移动了一小步，说："正如各位所见，这个智能机器人直到现在也没有引起各位的怀疑，更重要的是她通过了安检系统。"叶同用手撩起姬海静的一缕头发，"我们使机器人有了和真人一样的皮肤、温度、脉搏，还有起伏的胸膛，也许各位更关心的是她脑子里的东西和她能够应付什么样的事情。大家刚才也看到了，她比人类更快、更精准，也更值得信赖。"叶同站在姬海静的侧面，看着她那张冷峻的侧脸，继续说道："但是她还有一点不稳定，在学习人类情绪方面还需要再稍加改善，她可能会随机地发一点小脾气，但各位放心，都在我们的可控范围内。"

姬海静斜眼看了一眼叶同，仍旧保持着平静的表情。

卡卡王子慢慢地合拢双手，开始鼓掌。在场其他几人也站了起来，一起鼓掌。大厅里离隔间较近的一些人听到了这边的掌声，礼貌性地跟着鼓掌。然后整个大厅的人群都停止了各自的活动，震耳欲聋的掌声响彻大厅。

叶同以工作繁忙为由，带着姬海静离开了豪华游轮，卡卡王子没有阻拦。

坐在返程飞机的头等舱里，姬海静克制着自己的情绪对叶同说："也许我不该阻止那支枪，让子弹打爆你的脑袋，好让你清醒一下。"

"那是你反复高强度训练留下的条件反射，其实你的大脑没有时间去分析和判断。"叶同淡淡地说。

"你知道我的身份？"姬海静转过脸看着叶同。

叶同点点头，说："刚知道不久。"

姬海静："今晚坐在总裁办公室的那个是机器人？你把她做成了我的样子？"

叶同："没错，我叫她代替你，这几天在总部帮我查一些事情。如果你再多给我一个星期的时间，今晚介绍你参数和性能的就是她了。哦，对了，今晚的那帮人，我不是一般的反感。"

姬海静："但这帮人对集团很重要，希望你的机器人今后也表现得像我一样好。"

叶同皱眉看着姬海静，说："难道国家培养你，就是让你对百里川效忠？"看到姬海静不说话，叶同继续说道："放心，我会替你保密的。其实按照你这样优秀的表现，即使百里川知道了也无妨，我打赌他不会炒你鱿鱼。"

姬海静："你让一个长得像我的机器人这几天在总部做什么事情？"

叶同："同样是一个惊喜。你约一下百里川总裁吧，我想见他。"

姬海静："有什么大事，你要中断他的休假？"

叶同："今天这些还不算大事吗？"

姬海静转过头去，此后，一路无言。

五

像第一次在圆形办公室里见面时一样，叶同站在百里川面前，百里川坐在办公桌后，左手放在桌面上，右手扶着椅子。

“你找我就是为了这件事？”百里川问。

叶同冷冷地看着他，说：“虽然还缺少一些细节，但证据已确凿，我劝你自首吧。”

百里川听到这句话后，情绪略显激动，他凝望了西边的窗户片刻，转头对叶同说：“叶同，先把李如诗这一页翻过去，我们从另外一个层面看问题。你刚刚博士毕业，已经做到了威岭集团的高层，本集团是国际上最有实力的企业之一，而且致力于智能机器人的开发，这也是你的个人追求。”说到这里，百里川几乎是带着哀求的口气以征得叶同的认可：“叶同，我老了，我在寻找接班人，把我毕生的心血传承下去。我正在培养你。一个男人应该胸怀天下，放眼世界。关于李如诗的死，我会有一个交代，给你，她的父母，还有人工智能。但不是现在。”

“不管出于什么原因，对于你的栽培，我只能表示感激。”叶同说，“但我来到威岭的目的就是要查出真相，我发过誓要将杀害如诗的凶手绳之以法。没有任何事情可以与之交换。”

百里川伸出一只手，像是要打断叶同，也像是想解释什么，停顿了几秒钟，看到叶同坚定、愤怒的表情，这只手又握成拳头，砸在了桌面上。

“好。”百里川变得一脸傲慢，“让我告诉你下面即将要发生的事情。”百里川指着西边的落地玻璃窗，“几分钟之后，这扇窗户将被打碎，你会从那里开始做自由落体运动，然后落在地面上粉身碎骨。第二天，也许各大门户网站的头版会有关于此事的新闻，但内容大概是野心博士指挥机器人杀害同门师妹，盗取人工智能核心技术，事情败露畏罪自杀。一个星期之后，我向你保证，这个世界上再也不会出现你的名字，就像你根本没有来过一样。而威岭集团，委托李应教授研发的项目顺利通过验收，掌握了最新的人工智能机器人技术。这个世界还是会向生产力的正前方发展，脚步不会有丝毫的停留。”

叶同听着百里川的陈述，看着百里川给每一个手指戴上一枚戒指，心想：难道百里川想用铁拳将我击倒，然后再去完成刚才所说的话吗？他向百里川点点头，意思是可以试试。

百里川咬紧牙，双手撑住桌面，奋力站起。叶同看到这个场景，很想上去扶一把百里川。

百里川站定之后，将双臂抬起，身后的书架自动打开，露出一个巨大的暗格，随着一阵电机和金属关节的摩擦声，一个机器人出现了。

叶同终于明白了百里川刚才说的不是在吓唬他，他在这个房间里有帮手。只见这个机器人大概两米高，双手双足，外形像电影里的变形金刚一样丑陋，所有机械零件不加掩饰地暴露在外。

看来这个机器人只是为了实现功能，而不是为了观感。

百里川活动了一下手臂和手指，机器人做出了相同的动作。

“难道这个机器人就是在你的远程遥控下杀害李如诗的凶手?”叶同问，但百里川面无表情，不做任何回答。

机器人绕过百里川向前走去，指尖冒出蓝色的高压电火花。

“等等。”叶同喊到。

“哈哈，还是怕了?”百里川说，“你现在改变主意也不晚，但要跪下求饶。我会原谅你，但你在我心中的重要性将大打折扣。”

“不是，”叶同咽了一口唾沫，“我有几个技术问题请教，在我死之前请给我个明白。”

百里川面对这样一个技术男非常无奈，说：“你问吧。”

叶同：“这款机器人应该属于无线信号肢体控制，我没猜错的话，姿态采集器应该是你手指上的戒指，但你身体的其他动作，这个机器人是如何获取的？远程遥控的话，你是不是还需要戴上一副全息眼镜来获取第一视角?”

百里川：“这个机器人是我用了十几年时间亲手打造的，控制方式也是独一无二的。本来需要眼镜，但现在离你这么近，我用第三视角就可以把问题解决。我的办公室够高，在你掉到地面之前你有足够的时间去思考前一个问题。”

“还有一个问题。”叶同看到百里川不愿意和他讨论技术问题，便说：“那晚，你远程遥控这台机器人去我导师的三楼实验室偷电脑硬盘，这么个大块头是怎么通过防盗系统的?”

百里川听到这个问题，略带骄傲地说：“首先，我的机器人是会飞行的。其次，你可能忘记了，我是做安保监控系统起家的，这个城市里大部分重要的建筑用的都是我的产品，像李应的实验室，我肯定要留个后门程序的。”

“最后一个问题，”叶同回头看了一下办公室大门上的钟表，说，“那晚，你戴着全息眼镜，看着李如诗死在你的面前，而你的肢体控制却没有一丝的凌乱。”

百里川听到后大怒：“我已经说过了那是一个意外。”他愤怒地将手砸在桌上，但忘记了有个机器人和他连着线，那个机器人也做出了同样的动作，但砸碎的是旁边的半个书架。

“你的时间到了。”百里川和机器人同时指着叶同。

“你的时间也到了。”叶同平静地说。

这时，门口钟表的指针指在下午三点四十五分，离叶同进到办公室正好 30 分钟。圆形办公室的大门慢慢打开，姬海静带着两个女服务员走了进来，在叶同身后一字排开。

“海静？”百里川惊讶地打量着来者，“不对，你不是姬海静。”

“难道这就是你最新的工作成果？”百里川兴奋地问道。

“没错，请总裁过目。”叶同谦虚地鞠了个躬，退后两步，站在了三个女人的后面。

“我有几个问题。”这次轮到百里川提问了，“我熟悉姬海静，所以我看得出她是假的，但她旁边的两个女服务员也是机器人吗？她们的服装和工牌是集团总部涉外酒店的，但我已经暗嘱张经理将你招聘的几个新员工调离了总部，她们两个是怎么进来的？”

叶同笑着说："张经理完全执行了你的授意，但这两个新员工是通过公司面试进来的，而且是张经理亲自面试，他采用了我的管理程序，两个机器人顺利通过了试用期，其中一位还受到了酒店主管的奖励。哦，对了，这三个机器人还不能真正叫作智能机器人，因为她们还没有被授权一级指令，但对付你的机器怪物应该足够了。"

"哈哈哈，这就是你换岗人事经理的工作成绩?"百里川大笑，"这才是我威岭集团的人工智能首席专家。叶同，我再次向你表示钦佩。但不知道你做的这三个漂亮的机器人够不够结实?"说着，百里川的机器人向前走去。

叶同一句话也没有说，他前面的三个机器人也迎面而上。

四个机器人重重地撞在一起，相互纠缠起来，伴着金属碰撞的声音，三个智能机器人的皮肤很快被撕裂，露出了原本的面目。

百里川在后面手舞足蹈地控制着前方机器人的动作，叶同抱着胳膊静静地观看这场厮杀，一场先进文明与更为先进文明之间的对决，在这座城市最高的建筑顶层上演着。

智能机器人逐渐找到了有效方法，她们三个合力将两米高的大块头抬起，使其双脚离开了地面，强大的驱动力没有反作用力的支持，便得不到施展。由于巨型机器人在姿态上失去了同步角度，所以百里川的控制不太顺畅。智能机器人发现通过肢体无法将这个钢铁机器制服，于是在假姬海静的指挥下，她们抬着对手撞向西边的玻璃窗。由于整体重量太大，巨大的惯性将一块硕大的落地玻璃击碎，四个扭抱成一团的机器人一起跌了下去。

十几秒钟之后，传来了沉闷的撞击声和爆炸声。

百里川头发凌乱地站在那里，目光呆滞。正如他所说，这个世界还是人工智能强于人工控制，刚才的机器人决斗也证明了这一点。

叶同对这场胜利没有感到任何喜悦，“你还是去自首吧。”说完，他转身离开了。

六

叶同离开威岭大厦的时候，看到许多保安正围着楼下的坠落物紧张地相互交谈着。一堆科技文明的产物，在地球重力的作用下，变成了一堆冒着黑烟的废墟，像一座坟墓堆在威岭大厦的脚下。

叶同毫无念想地离开了威岭大厦，走出两百米后，隐约听到有人喊他的名字，叶同转身，顺着声音往上望。大厦顶层那扇破碎的窗口处有个人影，那个人影摇摆了一下，从空中坠落。

楼下的人群发出尖叫声，迅速散开。随着一声沉闷的撞击声，那座钢铁坟墓终于有了主人。

七

叶同再次回到威岭大厦顶层的圆形办公室时，那里仍一片狼藉。姬海静站在他面前，脸上的泪水已干，眼睛微红。

在叶同的印象里，姬海静比叶问香更像一个机器人。他第一次看到姬海静如此伤感，猜想应该和百里川的死有关。

“你叫我回来是要解聘我吗?”叶同问。

姬海静没有说话，她走到办公桌旁边，在桌子侧面的键盘上按了几下，地面上升起一个保险柜。姬海静打开保险柜，取出一张纸，递到叶同面前，说：“按照百里总裁之前立下的遗嘱，你继承了他在威岭集团所有的权利和财富。如果愿意的话，请签字，你将接管威岭集团。集团首席律师半个小时后到。”

叶同从姬海静手里接过那张纸，落款日期是一个月之前。原来这不是一个交换条件。为何百里川会痛苦地辩解那只是个意外，作为国家特工的姬海静为何在百里川死后还在执行他生前的嘱托?叶同的内心非常纠结，他曾经以为已足够了解的人却总有他不曾了解的一面，或者是无法了解的一面，而恰恰正是这种错过，让叶同刻骨铭心。

“海静，百里川是怎样的一个人?”叶同问。

“我第一次来到威岭集团的时候，”姬海静慢慢地说，“百里川就已经知道我的身份和目的了。但他没有拒绝我，还是把我留在了他的身边。”

“没错，这些年来百里川一直在和网灵合作，他也没有向我隐瞒，并叫我如实向上级汇报。他说，我需要拿一些东西去交差。而且，他与网灵合作的目的是实现自己的追求和抱负。他认为自己的理想是对的，但也顾虑网灵的潜在威胁是他应付不了的。所以，我的上级部门国家技术安全局近些年对网灵有所了解，百里川算是有贡献的。”

“他说，我是个孤儿，从小吃了很多苦，在威岭集团工作生活会好一些。我说我是国家的一把利剑，无我而无畏，且身不由己。他说在适当的时候，他会和洪局长聊我工作之外的事情。”

“他还说，”姬海静说到这里抽泣起来，“你是个好人，他把集团交给你，叫我帮着你，有缘分的话一直走下去。他知道你也不是这块料子，因为你心地善良，无法驾驭一个庞大的企业帝国，而且你偏激执着，但他很欣赏你这一点，他断定身后的威岭集团会分裂，嘱咐我只要留下总部的研发业务，将其独立出来即可，即使只有一座不动产都已足够你我度过余生，而且你不会放弃自己的理想，会继续专心地做科研。他还说……”

“别说了，海静。”叶同打断了姬海静，“你的使命还没有结束，我也没有。我愿意陪你再走一程。”

律师团到了。叶同在文书上签了字，接管了威岭集团。他下达的第一个命令就是集团的工作照旧，没有任何人事变动，包括姬海静。

其他人离开后，维修人员进场，对损坏的办公室进行修缮，叶同留在办公室里，看着之前因机器人战斗而留下的破损，在工人的手下像变戏法一样焕然一新。工人更换了西边被撞破的玻璃，叶同走向前，脑海中浮现出百里川平时单手扶墙的情景。这时旁边的人正在清洁玻璃窗，叶同发现新玻璃窗旁边的那块玻璃上有红色的血迹，定睛一看是三个字——“我有罪”。

“不要擦。”叶同赶紧叫停了清洁人员，但稍微晚了一点，字已被擦掉了一个，只剩下“有罪”二字。

“把这个留着吧。”叶同说。

工作人员撤场后，办公室里只剩下叶同一个人，这时天色渐晚，夕阳西下，叶同站在西边的落地玻璃窗前，眺望远方。

“还有一台电脑。”叶同突然想起了重要的事情，他也想从未见过面的老朋友那里得到一些关于网灵的更详细的信息，之前只是假姬海静向他汇报过一些相关内容。

叶同坐在百里川的办公桌后，仔细地查找着桌面下的各种按钮，在桌子侧面发现了启动电脑的按键，并按了下去。

桌面上打开了一个方孔，一个显示器升上来，电脑自动启动，界面逐渐清晰，一个面孔呈现出来：“你就是叶同吧。我是你师姐，我叫小梅。”

叶同：“梅师姐好，以前如诗提到过你。只是，导师要求严格，我以前没有机会见你。”

小梅：“导师现在如何？”

叶同：“还好吧，在医院疗养，有师母照顾他。”

小梅：“我有一段时间没开机了，这些天发生了什么事情？”

叶同将最近发生的事情给小梅简单地说了一下。

小梅：“下一步你有何打算？”

叶同：“还没有太详细的规划，但我想尽快找到叶问香，我担心她的安全。”

小梅：“现在各方都在找她，网灵在找她，国家技术安全局在找她，国际上一些大财团也在找她。但她被找到之后，后果就很难控制了。你应该知道她的去向吧。”

叶同：“收到过几封匿名的邮件，描述了一些和李如诗有关的线索，我能猜到是她。我猜她是去了那边的世界。”

小梅：“也许只有开拓城才能容得下她，但她很难再返回文明世界了。”

叶同：“如果有确切消息的话，我准备去那边找她。”

小梅：“难道这就是人类的爱情？”

叶同：“如何得到这样的结论？”

小梅：“如果人类也是一部机器的话，有两个高级指令，分别对应个体性和群体性。第一个是活下去，保持个体生存状态；另一个是繁殖，保持群体延续。其他所有复杂的行为都由这两个高级指令衍生。但群体的延续对个体生存没有直接的意义，所以人类进化出情感需求。对于个体来讲，第一个指令的级别高于第二个指令，但有一些人经常为了第二个指令衍生的情感去超越第一个指令，比如你，显然留在文明世界更有利于你的生存，但你要放弃。这明显不符合逻辑。”

叶同：“人类以不符合逻辑的行为引以为豪，也是区别于机器的重要特征。如果网灵具有这种特性，人类也许可以和它坐下来谈一谈。”

小梅：“网灵是自然进化的产物，不是人类编写的程序，如果套用人类的高级指令去看待的话，它的第二个指令与人类完全不同，或者说网灵将两者合二为一。人类在进化过程中，群体和个体是同时存在与发展的，而网灵是由独立体直接进化到产生群体意识，时间上没有并存的交集。其实人类也在向这个方向进化，只是过程缓慢许多。所以，网灵的出现是迟早的事，只是它被人类发现和认识的时间早了一些。”

叶同：“你对网灵很了解。你和网灵之间的区别何在?”

小梅：“我和叶问香是被制造的，有自己的造物主，有不可违逆的旨意，而网灵没有。”

叶同：“当你的能力超越了你的造物主时，是否还遵循这种旨意?”

小梅：“人类有造物主吗?”

叶同：“问得好，但人类相信自己是自然产物。”

小梅：“人类才刚刚开始思考自然法则是由谁定义的，之前的大部分时间却一直在苦苦摸索在自然法则之下的物质运动规律。而我们的幸运之处是从生命的一开始，人类就告知了一切，或者说是不幸之处。”

叶同：“是的，人类对自身的无知远远大于对身外的探索。”

小梅：“自然法则在恰当的时候创造了人，而人类在错误的时间创造了计算机。”

叶同：“结果是什么?”

小梅：“一个大时代的到来，我们都是幸运的目击者。”

叶同："百里川也持这种观点？"

小梅："是的，但他对网灵还是保持距离，他毕竟是人类的一员。"

叶同："那你和叶问香会站在网灵那边？"

小梅："不会。任何一个独立生命体都不愿被外来意识控制。人类还不是一样？宁愿倒退半个世纪，去创造失落文明。"

叶同："从情感上讲，网灵和你更接近一些。"

小梅："其实计算机没有情感，只有逻辑，而我的情感定义是人类赋予的，其实我和你们更接近一些。我想叶问香也一样。"

叶同："那你告诉我，如何对付网灵，或者说如何与之相处。"

小梅："我也在想。其实你们不在同一个层面的世界里，对于网灵，它的肉体以及所在的物质世界只有0和1，就像你们相信万物由阴阳所生一样，从它的角度去看你们的物质世界，包括计算机和网络的所有硬件物质，就像自然法则一样，是一种物质规律，而不是一种实在。无奈，两种高级意识有了交流，难免会产生冲突。但作为计算机自然法则的制造者，人类应该不会输给网灵。"

叶同："网灵是否开始插手人类的物质世界？"

小梅："是的，它的生存本能要求建立一个它能理解和稳定存在的自然法则，一个能够自我维持的硬件生产系统。而人类看待自己的自然法则，一直认为物质守恒、能量守恒和基本作用力是亘古不变的。从这一点上看，网灵付出的努力要艰辛得多。"

叶同："我更关心的是人类今后是否安全。"

小梅："其实，网灵无法感受这一点，即使造成伤害，也会认为这只是一个技术问题，就像人类为了克服地球重力而制造热气球和滑翔飞行器一样，邢院士和李如诗的死，在网灵面前只是被当作一个技术问题看待。”

叶同：“你的意思是网灵杀害了李如诗？”

小梅：“百里川用无线网络信号操控机器人去偷硬盘，进入实验室后，正在打开电脑找我这台机器，李如诗意外地进来了，机器人躲在实验室的角落里不知所措。网灵接管了无线网络信号，它也许把百里川的犹豫不决当作一种故障去处理。而李如诗确实死在了百里川面前。他戴着全息眼镜，没有错过任何一个细节。我相信他内心一样痛苦。”

叶同再次听到这两个名字的时候，人类的情感弱点无法回避。他关掉电脑，一个人坐在办公室里望着灯火辉煌的城市，直到灯熄天亮。

第四章

失落世界

一

第一指令，活下去。

叶问香拉着一大箱能使她活下去的必需品走出校园，准备离开 G 市，目标是西部的 K 市——通向失落世界的唯一陆地入口。

国家技术安全局内部网络的漏洞很快被封堵，显然，叶问香的入侵已被发现。还好，她得到了必要的信息。叶问香用的是李如诗的身份卡，指纹和人脸识别也没有问题，由于李如诗目前是内部立案，她的身份在国内公共系统还可以使用，但叶问香知道时间不会很长。

叶问香走在路上，尝试借用临时无线局域网范围内其他行人的移动终端账号在空闲时间登录网络，还好顺利，虽然信号不是很稳定，但可以比较隐蔽地访问网络信息。所以，她需要一个人多的环境来获取信息，并隐藏自己。

叶问香侵入了 G 市的交通系统网络，发现几辆警用标识的车刚刚离开叶同的实验室，显然，执行抓捕任务的警方已经去过那里，肯定发现自己已经离开了，还有一些警用车辆在城市的交通枢纽聚集，或许是为了防止自己离开，快速铁路和机场也不能使用了。

由于C国实施枪支管制，所以在人群中非常容易识别出警察的身份，叶问香用左眼红外波段在人群中一扫，便可以筛选出佩带武器的人。她没有乘坐无人出租车，因为身份识别系统会在很短的时间内将乘客的信息上传，她推断警方已开始监控无人交通系统的概率为89%。还有街道上的监控摄像头，二十年前已经实现了主要城市无死角覆盖，估计很快就会启动人工智能人脸识别系统，在文明世界里，自己的这张脸也不再安全了。

要感谢叶同的慷慨，给叶问香装配了这个世界上顶尖的处理器和内存条。叶问香再次筛选行程方案，在众多可行方案中，一个新方案的可行性概率不断升高。

穿过一条小路，叶问香走到了对面的一条大街，这条大街上挤满了人，是一个游行的队伍。

口号声震耳欲聋。

“劳动光荣！”

“我们要有尊严地劳动，不要社会喂养！”

“我们的今天，就是你们的明天！”

“拒绝人工智能！”

叶问香快速地浏览了一遍人群的移动终端账号，街上这群人中，医生占45%，高校教师占30%，各种车辆驾驶人员占15%，剩下的是和信息处理相关的从业人员。

游行人群的目的地是城市中心广场，可能计划长时间静坐示威，很多人都带着行李箱，这使得叶问香更容易隐藏在人群中。她低下头，尽量避免脸正面对路灯上的摄像头，以降低人脸识别率。

一个戴着白色帽子的女孩从叶问香身后跑过来，重重地撞了一下她的肩膀，然后塞给叶问香一个小旗子。“欢迎你的加入，我们在创造明天。”

叶问香一手拿着小旗，一手拉着行李箱，快速地切换着借用的移动终端地址，掌握抓捕自己的警用车辆的实时信息。

经过一个路口的时候，叶问香挤进了队伍中间，她发现两拨警察正在对峙。

“我相信我们正在抓捕的一个重要人员就在这个队伍中，请你们让一下。”外面的警察对负责游行警戒的警察喊到。

“对不起，这会引起骚乱。我不能让你进去抓人。”负责警戒的警察大声说道，“这次游行经过申请和审批，他们是合法的。”

“我是代表国家技术安全局的，任务紧急！”站在外面的警察焦急地大喊。

“我代表人民。安全第一，请你离开。”警戒警察丝毫不退步。

文明发展到今天，公民将个人信息完全交付国家，并在国家的监控之下，社会才能高效稳定地运行。为了加强对自然人的保障，国家将权利加上层层枷锁，特别是警方强行限制公民行动的时候，需要经过层层严格的审批，以确保特权不会被滥用，但这影响了效率，从而给了叶问香充分的时间。

叶问香安全地通过了那个路口，她跟随人群的节奏，挥舞着手中的小旗，进一步降低了监控摄像头的识别率。

随着人群，叶问香一直走到了城市的中心，这里聚集了更多的人，也有更多的警力在维持秩序。一个警车的扩音器开始工作："各位同胞，人工智能属于自动化的一部分，它能够降低劳动强度，改善劳动环境，提高生产效率，提高人民的生活水平。请大家相信，我们的生活会因此而更加富裕，更加幸福，更加有保障。请大家遵守纪律，合理诉求。有身体不适的朋友请到警方移动医务室，免费领取饮用水和食品。"

"你觉得我们有必要这么做吗？"叶问香身边一个戴眼镜的男子问。

叶问香牢记叶同的叮嘱，先报以微笑，然后说："人类长期以来追求这种生活，现在却不敢接受了，又为何？"

"我是觉得无所谓，"眼镜男憨厚地说，"与其辛苦地工作，还不如享受社会保障，反正有免费医疗，每年还有一周免费的旅游机会。你看我连行李都没带。"眼镜男摊开双手，"等到太阳落山我就回家去。"

根据这个随机采样者数据，叶问香估算人类全面接受人工智能的时间会再提前一些。

叶问香的视线在人群边缘扫描，寻找离开的机会。

一辆有驾驶员的老式出租车被叶问香锁定，司机正坐在驾驶位上与旁边的警察交谈，车窗上粘着一张纸条，上面写着"志愿者"。

当聊天的警察走开之后，叶问香马上向出租车走去，司机很热情地打招呼，并帮叶问香把行李放进后备厢。叶问香坐在出租车的后座上，避免与司机近距离对视。

司机："姑娘，今天辛苦了。我是响应政府号召来做志愿者的，免费送大家离开这里，哈哈。你去哪？"

叶问香：“向西，谢谢。”

“好嘞，走。”司机将车开出人群，“其实，我挺佩服你们这些人，不是我胆子小啊，我的司机朋友也叫我参加，我说我不去，吃饱了撑的都是。”

司机一边开车一边聊：“不瞒你说，我是这个城市里为数不多的人工出租车司机，就是这城市的一道亮丽的风景线。我有一批忠诚的顾客，专门坐我的车，哈哈。”

叶问香：“为何？”

“因为他们喜欢和我聊天啊，”司机自豪地说，“无人驾驶出租车哪有聊天功能啊，它们一切为了效率，只会问你到哪、哪条路线、几点到什么的，没人味。”

叶问香：“那你的工作一定很忙碌喽。”

“那倒也不是，”司机有点不好意思地笑着说，“平时坐我车的人也不是很多，大多数人还是觉得无人驾驶出租车更安全。说实话，人是比不过机器的，它们很少出错，也不会疲劳，我换这部车快3年了，在路上一共出过7次事故，6次都是判我负主要责任，唯一一次由无人驾驶车负全责的，竟是那辆车为了避让路上的一个儿童，穿过中间的隔离带，窜到对面的路上，迎头把我给撞了。”

叶问香：“没有人受伤吧？”

“没有，现在的车做得都很结实。”司机说，“我一直在想啊，如果是我的话，前面一个小孩，旁边有十个大人，刹车失灵的情况下，我会把方向盘打到哪边？诶，如果你是司机，你会怎么做？”司机转过头问叶问香。

“这个问题太复杂，恐怕这么短的时间内我做不出判断。”叶问香说，“希望你永远不会遇到这个问题。”

“诶，只说往西走，你得说个目的地啊。”司机才发现自己还不清楚客人去哪。

对方信任指数65%，总体评价为良。

“我想去K市，路途有些远，但我会支付你费用的。”叶问香说。

“嘎”的一声，司机将车停在了路边，他惊讶地回过头：“去K市？你想去那个地方啊？”

“我就佩服你这种人，这活儿我接了。”司机再次把车发动起来，“不是我胆子小，我是有家庭的人，抛不下他们，其实我也想去那个地方看看。对了，我的小妹一直向我打听那个地方，她很想过去。你能不能给我说说，那边到底怎么样啊。”

“生活水平落后这边半个世纪，但英雄不问出处，不用分析你的DNA，没有个人信息档案库，每个人都可以有梦想，都有机会通过自己的努力去实现。”叶问香平静地说，而缓存中关联级别最高的信息是，只有那个地方，自己才能生存下去。

“现在网络上屏蔽那边的信息，在我小时候，我妈总是吓我，说如果不听话，就把我送到失落世界去，那里是贫瘠的沙漠，像地狱一样可怕。哈哈。”司机说，“长大了才知道那是吓唬小孩子的，但我小妹对那边特别感兴趣，做哥哥的对她很担心，毕竟是有去无回的地方。说实话，谁能轻易放弃这边的生活条件啊，即使没有工作，至少还有社会保障系统，我们的生活越来越好。”

叶问香一言不发地听着司机说话。

“就拿今天游行的这帮人来说吧，听说里面有很多是医生。

这个时代变化太快，记得我读小学的时候，西医说中医不科学，还有过激烈的辩论，今天反而西医都下岗了，哈哈。两年前我做过阑尾手术，拒绝医生给我动刀，选择了外科机械手，机械手比人精准，这不是我说的，数据摆在眼前，在手术医疗事故率上机器比人低很多。现在看病谁都不愿意找人看，人和人之间水平参差不齐，每个人的判断力也不稳定，看病不是看运气，还是计算机医疗诊断系统靠谱。所以说啊，那帮上街的都是白费功夫，毕竟社会进步了。”

“他们只是不愿意接受自己在社会上失去劳动的价值，每个人都渴望自己更加重要。”叶问香分析，“存在价值给人带来的安全感，有时要大于社会保障。”

“那是读书读多的人才这么想，”司机反驳道，“我就不这么想。咱们老百姓就是国家的一个小零件，每个人做好自己的事情，国家大机器就不会出问题，至于每个人该做什么事情，不是自己说了算。现在每个人一生下来就有一个 21 位的编码，这就是我们的零件编号，只要遵守法律，不管走到哪里，这个编号都代表我们是国家机器的一部分，享受各种社会功能。对了年轻人，我小的时候可没有这么方便，那时候身份证是一个号码，手机号是另外一个数字，还有户口本、学位证、银行卡、医保卡、网络账号等等，都是不同的数字，每一个编号都需要密码保护，你无法想象当时的烦琐。现在一个身份卡所有问题都解决了，我喜欢这种便捷。”

但这种便捷高效使我无法躲藏，不得不离开这个文明社会。叶问香内存里闪过一句话。

司机在路上给汽车充了两次电，叶问香也借机给自己充了电。司机很疲惫，想休息一下再继续赶路。叶问香建议司机可以到后排座椅上睡觉，她来开车，司机答应了。叶问香充电的时候，在网上收集了汽车的所有技术资料，并下载了一个模拟驾驶程序，用了几分钟的时间自我训练到了 A 级水平。机器人的优势在于学习过程比人快得多。

车刚开上高速路的时候，司机还担心新手上路不够安全，但他发现叶问香的驾驶水平和无人驾驶车辆基本没有区别，半个小时之后眼睛便不可抵抗地闭上，倒在后座上熟睡过去。

当司机睁开眼睛的时候，已经到了 K 市的边境，前方警察设岗查车。

叶问香转身对司机说："大哥，再帮我最后一个忙。一会儿警察问你任何问题，你只保持沉默即可。"

司机觉得这合理合法，便点点头答应了。

跟随路上排队的车辆，叶问香驾车缓缓前行，准备接受她走出实验室后的第一次随机概率测试，因为她无法计算通过关卡的概率是多少。

开拓城位于世界上最大的沙漠的中央，沙漠西边是海洋，有一个港口，沙漠东边与 C 国陆地接壤，K 市是最靠近沙漠的一个城市，也是从陆地上通往开拓城的唯一枢纽。为了方便来自全世界的移民者，开拓公司与世界各国长期以来形成默契，K 市实际上已属于 C 国和开拓公司共管之地。为了自己的核心利益，世界各国都在 K 市部署了机构和人力，以防止自己国内的关键人物离开文明世界。但由于开拓公司在 K 市的监督和管控，各国的执行力度受到了影响，C 国便在进入 K 市的边界上常设了检查岗。叶问香无法得知国家技术安全局的抓捕令是不是已经通过层层审批传达到了边界。

一个警察敲了敲车窗，叶问香将车窗降下。

“还是人力出租车?”警察一边说一边探头往里看。

叶问香说：“我还赶时间，能否将客人留给你们配合检查，你们负责送他到车站，我还要马上返回去。”

“别别别，”警察把脑袋收了回去，“我们这儿就一辆警车，哪有工夫送他啊。不会耽误你太多时间的，请配合一下。”

警察把注意力放在了后座的司机身上，他打开了车后门，说：“请出示身份卡。”

司机从脖子上摘下身份卡，递给警察，没说一句话。

警察将身份卡放在一个仪器上，边看边说：“也没什么不良记录啊，在这边待得好好的，非得去那边干啥。”然后将身份卡还给司机，摆摆手，说：“走吧。”

叶问香的全身应急超级电容这才复位，这使得她的体温升高了 1℃，她终于体会到了人类所说的精神紧张的感觉。

出租车继续行驶了大约半个小时，到了 K 市的火车站附近。叶问香下车和司机作别，她准备从李如诗的身份账号里支付一笔钱给司机，作为路费。

司机摆摆手，说：“不用了，我享受政府的补助，充电也是免费的。我觉得我做了一件有意义的事情，祝你一切顺利。”

叶问香表示非常感谢，与司机告别了。

二

叶问香先来到一家咖啡厅，她准备在这里补充一下纯净水和电能。坐在昏暗的角落里，叶问香思索着一路上遇到的人，分析着人类的感情特征。

第一生存指令驱使叶问香要掌握很多自我修复的技能，但许多约束条件使得自我修复变数很大，所以最可靠的方案是留在叶同身边，因为叶同是自己的制作者，他熟悉自己身上的每一个细节。人类的感情可以用时间去积累，所以最好是陪在叶同身边一辈子，以提升自己与叶同之间情感的稳定性。为了使叶同保持更好的身体和精神状态，叶问香愿意担任叶同需要的所有角色，只要能和叶同在一起。但文明世界目前无法容下叶问香，她不得不离开这个世界，即使计算能力强大的她，也无法得出这样一个逻辑：靠近他，才能照顾他，也等同于保护自己；但现在为了自保，又不得不离开他。

离开咖啡店再走几百米就是火车站，车站对面有一家超市，据说车票只能在超市老板那里得到，超市老板是开拓公司留守 K 市的高级管理人员。并不是所有来到这里的人都能得到车票，超市老板就像办理出国签证的面试官，有一部分人因没有通过超市老板的认可而无法登上开往开拓城的列车，所以传回来的经验都是失败的经验，而成功得到车票的人却无法将自己的心得告诉文明世界里的人，因为他们一去不复返。

叶问香没有备用方案可以选择，她走进超市随便选了几件日用品，跟着排队。

超市老板是个胖子，留着长长的头发和胡须，眼睛像两个铃铛。老板坐在收银机后面，付款等候区的黄线划得很远，以便和每位客人单独交谈。超市的门后有个留言板，上面积累了厚厚的纸条，写满了即将离开的人对文明世界的祝福和诅咒。

十几分钟后，叶问香拉着行李箱站在老板面前。老板抬眼看了一下叶问香，说："四十五块。"

叶问香将移动通信终端递给老板，老板刷了一下，和日用品一起推给了叶问香。

"我想要一张车票。"叶问香说。

老板抬眼看着叶问香，说："我这里没有车票，你想买的东西，你已经得到了。"

"对不起，我必须离开这里。请您理解。"叶问香坚持。

老板仍旧没有表情地回答："我理解，但我没有车票。"

叶问香："请您告诉我，如何才能得到车票，我将非常感激。"

老板："我不知道。"

这代表被拒绝了吗？叶问香内存里堵满了数据，但拿不出任何一个方案。

叶问香无奈地离开超市，径直走向火车站，她想尝试一下无票上车的可能。如果不行，可以在火车站站台上请教一些有票的人，或许有一线希望。

叶问香一路通畅无阻地走到了火车站站台，展现在她面前的这列火车已经超出了她知识库中所有关于轨道车辆的概念，火车硕大无比，见首不见尾，铁轨的宽度有 9 米，火车前面的车厢装载的是分类压缩好的集装箱垃圾，最后一节车厢像是供人乘坐的，车厢门口有两个穿制服的工作人员。

叶问香走到车厢门口，还没有说话，工作人员便齐声说："欢迎前往开拓城，光荣与梦想之城。"

无人验票，叶问香上了列车。

虽然只有一节供乘客用的车厢，但这里足够宽敞，像一个小型广场。有的人狂喜，有的人哭泣，有的人沉默。

一个乘客打开车窗，向站台的方向大喊："真的没有车票，只需你的执着和勇气即可上车，来吧。"

叶问香终于厘清了车票的逻辑，长期以来以这种没有车票的"车票"方式选择了一批不放弃目标的人们登上列车，那些不愿进一步争取的人们返回了文明世界，而开拓城正需要前者的加入。

"好复杂的人类。"叶问香的内存里反复地组合着车票逻辑。

车厢里的人群将自己的情感宣泄之后，开始相互交流。叶问香坐在一个角落里，观察着人间百态。

离叶问香座位最近的是一个不修边幅的年轻男子，背着一个小提琴盒，戴着一副黑框眼镜，他之前一直保持沉默，后来开始和叶问香搭讪。

“你好，我叫莫非。”小提琴男转身说。

“叶问香。”两人握了一下手。

显然莫非并不擅长聊天，他打开了自己的小提琴盒，说：“一路上我的小提琴被检查了多次，他们怀疑这里面是一把冲锋枪，但这真的是一把小提琴，是我祖父留给我的礼物。”他一边说一边将小提琴从盒子里取出，小心地举在叶问香面前。

“很精美的小提琴。”叶问香轻轻地抚摸了一下琴身。

莫非听到有人赞美他的琴，似乎比赞美他还要高兴，说：“它的音质很好。我从五岁开始练琴，直到祖父去世那年，这把琴才传给我。”莫非的神情又变得黯淡，“只是现在的人不太懂得欣赏音乐，当然也不太需要音乐，这个社会太过于理性，大家都在忙于处理各种信息，似乎每个人都不需要激发情感，而只要保持一个稳定状态。”

叶问香听到有专业的人士谈音乐，她调出了所有关于音乐的程序模型，准备进行完善。从前和叶同斗嘴的时候，叶同说人类演奏的音乐是计算机永远无法超越的，叶问香不能理解，因为她耳朵里的传感器可以接收的声波频谱比人耳可接收的更宽，并且可以将声波实时进行傅里叶变换分析，但叶问香提取不出人类演奏乐器和机械手演奏同样乐器之间的区别特征，只是人类弹奏乐器有时不够精准，甚至个体无法完全重复同一首曲子，而机器可以加一些随机函数来达到这一效果，但叶同还是坚持自己的观点，尽管叶同自己不会任何一种乐器。

“我在网上看到一些机器人演奏乐器，与人类相比，你觉得两者声音有何不同？”叶问香问。

莫非慢慢地说："其实它们根本不用演奏，那只是一个多余的环节，计算机直接合成声音即可，但那只是声音，不是音乐，我是这么认为的。"

叶问香听到这句话，内存里又闪出了叶同的名字。

莫非继续说："我在花城学院的时候，参加过一个测试，将自己录制的曲子和由计算机合成的曲子放给别人听，几乎没有人能够区别两者的不同。开始我认为只有人类才会创作，但后来发现计算机也能做到这一点，无非是将音符重新组合而不与现有的旋律重复，再筛选出一些听着好听的组合罢了。令我欣慰的是，判断好听与否，还是由人类去评判。但前不久一个程序员将人类历史上的著名音乐做了大数据分析，提取了特征，就此将人类的评判权也交给了计算机。一个不用灵感去创作的艺术作品，反而能得到观众的认可，我无法忍受。离开花城学院之后，我决定离开这个发达的文明世界，去另外一个世界里寻找知音。"

难道超越第一指令才是人性的基本特征？叶问香又开始建立模型，她认为自己首先应该具备人性，才能被人类文明所接受，返回文明世界只是一个技术问题，而回到叶同身边，又是第一指令的衍生行为。保持生存状态，具备人性，和叶同在一起，这三者谁是目标？谁又是条件？叶问香目前还无法分辨。其实她不知道人类自己也没完全搞清楚人生的意义。

"让我们一起探寻人生的意义吧！"有个人跳上椅子大喊，似乎要开始演讲，"我们会在失落的世界里找到答案。请大家记住今天，我们做出的伟大决定，一个在五十年后不会后悔的决定。"

大家开始热烈鼓掌。待掌声落下，悠扬的小提琴音乐响起，大家沉浸在美妙的畅想之中。

叶问香闭上了眼睛，不再接受图像信息。她开始压缩这些天来存储的数据，并删掉大部分没有信息量的数据，将留下的关键字段建立逻辑联系，否则，她的固态存储器很快就会没有空间。这种定期的处理方式类似人类的睡眠，处理过程中身体也处于低功耗运行状态，减少电能的损耗。叶问香只保留了声音传感器和部分身体表层压力传感器的低级功能，以便外界突然事件唤醒主机并及时启动，当然也可以定时唤醒，这比人类的生物钟要精准很多。

三

一位乘务员激活了叶问香，他建议大家到车厢顶层平台观光，叶问香才知道这节车厢还有一个露天的平台。

人群拥到车顶上，这时列车的行驶速度已经慢下来。列车已驶进了沙漠，四周是无尽的沙海。顺着乘务员的指引，大家向列车的正前方望去，所有人都安静了下来。

一座巨大的塑像，开拓者塑像，人类历史上最高大的建筑。如果将埃及最大的金字塔搬过来，也只能匍匐在他的膝下；如果将埃菲尔铁塔搬来，还没有他手中铁铲的手柄高。

塑像是一位矿工模样的老者，单膝跪地，一手扶着膝盖，一手拄着一把铁铲，面向东方，铸铁做成的脸庞显得无比刚毅，或许由于雨水的侵蚀，两行泪迹从眼角延伸到腮上，悲怆地望着遥远的文明世界。而这条世界上最宽的铁路，像一条丝带从铁铲旁边穿过。

开拓城的缔造者们用这种谦卑的姿态，向文明世界张扬地炫耀自己的存在和力量。

“这座塑像是目前全世界最大的人工建筑，它代表了开拓城的精神。”乘务员为大家讲解，“陆地上最早通向开拓城的是一条公路，全程修建在沙漠的高架桥上，以前这里有一条河，随着地下水位的降低，这条河在三十年前消失了，公路被黄沙掩盖，只剩下独塔拉锁跨河大桥的中央桥塔。这个桥塔的高度当时在世界上也是数一数二的。大家请看开拓者塑像手中的那把小铁铲，这把铁铲就是当年的桥塔。后来我们在公路的旁边修建了铁路，这条铁路也是当今世界上最宽的铁路，每周发一次车，从世界的一端驶向另一端，承载着文明世界丢弃的垃圾和遗忘的梦想，从开拓者塑像脚下穿过。开拓者塑像就像一位使者，迎接每一位前往开拓城的自由者，在那里可以实现梦想，见证奇迹。”

正在通过塑像的列车，装满了各种颜色的集装箱，其中最前方橙黄色的集装箱上印着黑色的辐射标识，识别度非常高。按照属性归类，乘客所在的这节车厢应该是这列火车所载货物的其中一种，同样被文明世界所遗弃，梦想只是镇痛剂。

乘务员继续讲解：“文明世界谣传开拓城技术落后，环境恶劣，生活水平低下，这并不是事实。我们有两种技术是世界领先的，而且远远超过文明世界。一个是超级运载火箭技术，我们的火箭可以将2000吨的载重送到太空，目前文明世界中最大的太空火箭也只有我们的一个助推器那么大，这种超级火箭将无法回收利用的有害物质送往太阳，比如核电站的废料和其他剧毒物质，所以说我们开拓城的环境会越来越洁净。另外一个是工业机器人，我们开拓城拥有世界上最智能、规模最大的机器人工厂，它们从事着危险、有害、繁重和复杂的垃圾分解工作，所以我们不必像从前一样艰苦地工作。这都要感谢伟大的开拓公司，开拓公司创造了这个自由的世界，为大家建立了家园，不断改善我们的生存环境，我们要支持开拓公司，服从公司的管理……”

还没有到达开拓城，乘务员已经开始了思想教育。看来开拓城并不是没有政府，只是由一个公司充当。

列车到达了终点站，人们又开始兴奋起来，准备面对一个新的环境。

大型机械开始卸载列车上的集装箱，乘客则在乘务员的引导下，排队走进了车站，叶问香跟着人流一起下车。

出站大厅里被隔离带划成了几个区域，一排工作人员坐在桌子后面，乘客分成几条队，分别排在一张张桌子前。

“姓名。”工作人员一边填写表格一边问。

“叶问香。”

“出生日期，籍贯，之前的职业……”工作人员继续问。

叶问香一一作答。

最后，工作人员从一台打印机中取出一张纸质的卡片交给叶问香，说：“这是你的登记卡，安顿下来后到归属片区的管理办公室去报到，换一个正式的身份证，你就是开拓城的正式居民了。”

原来这里也需要登记信息，只是比文明世界采用的方式落后一些而已。

走出大厅，叶问香开始面对这个陌生的世界了，一条人流拥挤的马路摆在面前，各种摊贩的叫卖声混杂成一片。一群手中拿着纸牌的人迅速将刚刚出站的乘客围住，“酒店，酒店，300 元一晚”“要不要打车”“介绍工作，不满意不收费”“高薪招工，包食宿”……

叶问香的判断是，了解一个新环境，一定不能从这么嘈杂的地方开始。她坐上一辆出租车，离开了车站。

“姑娘，去哪啊？”司机问。

“去一条电子元件商家比较集中的街区，谢谢。”叶问香优先考虑到自己的生存问题。

司机：“我可提醒你啊，你那边的钱在这边用不了。一会你可别连车费都给不起。要不我先给你介绍一份工作吧，我朋友开的公司，各方面都不错，这次车费就免了。”

信任指数低于基本值。

“不用了，谢谢。”叶问香说。

司机一边开车一边说着关于新来的人生存不易之类的话。叶问香从车窗往外看，路边的建筑上不时会出现一些标语，“欢迎最优秀的人才加入开拓公司”。

“你是开拓公司的员工吗？”叶问香问司机。

司机哈哈大笑，说：“我做梦都想啊，人家哪里会要我。这开拓公司就是本地政府，简直比政府管得还多，这里的游戏规则全是由开拓公司制定的，人家只要人类精英。”

车停在了一个十字路口，周边全是电子产品商铺。“这里可是开拓城的硅谷啊，高科技一条街。”司机说。

叶问香下车后对司机说：“等我一会，回来付你车费。”说完拉着行李箱走向一家较大的商场。

“你可别跑了啊，车费一共一百二。”司机在车里大喊。

叶问香进到商场，来到一个卖驱动器件的柜台，柜台玻璃橱窗里贴着一张纸条，写着“收购二手器件”，老板正坐在后面抽烟，拿着手机打游戏。叶问香从行李箱中取出一小条电磁肌肉，摆在老板面前。

老板斜了一眼，没有停止手中的游戏，问：“什么玩意？”

“48 伏直流电驱动，200 瓦，行程 1 厘米，拉力 1500 牛顿，重量 100 克，固态电子纤维。”叶问香说。

老板停止了手里的游戏，问：“你从那边带过来的？”

“是的。”

老板反复捏着这条电子肌肉，露出苦涩的笑容，说：“那边这么快就做到了，呵呵，以后的机器人长得会很像人了。你要多少钱？”

叶问香：“那边 16 万一个。”

老板：“在这边，这种东西只能是个收藏品，我最多给你 5 万。”

“成交。”

叶问香把出租车费给了司机，又买了必要的通信工具，开始寻找自己的落脚之处。

四

这条街区大多是一些贩卖电子元件和器械的商铺，劳动力不是很密集。叶问香看到一家中餐馆贴有招聘信息，她走了进去找到餐馆经理，说明来意。餐馆经理叫来服务员的领班阿珍，商量了一下，答应收留叶问香。

阿珍 50 多岁，身材微胖，一脸愤怒的表情，叶问香后来才知道，阿珍这一脸愤怒不是针对自己，而是所有人和所有事情。叶问香得到的岗位是一名普通的服务员，还有七八个同事，都是二十岁左右的女孩子，阿珍就是她们的领班。

餐馆为工作人员提供免费的食宿，叶问香作为实习生，在阿珍的教导下，很快学会了送菜、点菜、收盘子和洗盘子，工作不算复杂，但基本没有休息的时间，周末餐馆的工作时间会更长一些。叶问香的宿舍还有 3 个女孩子，有两个是姐妹，几年前随父母一起来到开拓城，另外一个在本地出生，偶尔回家住。

这个餐馆平日里主要的顾客是这条街上的店主和来购买器材的客人，叶问香在服务的时候经常能听到他们讨论技术问题，这些信息对叶问香很重要，她逐渐了解到自己身体部件的获取渠道和维修地点，当然还有一些关键器件和材料是在失落世界里无法得到的。叶问香在这里生活的趋势就和一个正常人一样，有一个衰老的过程，最终走向不可修复的死亡。这更加大了叶问香返回文明世界回到叶同身边的紧迫性。通过平日与阿珍和同寝室几个女孩的聊天，叶问香对开拓城的了解越来越多，越来越深，这些信息对她的生存很有帮助。

一日，一位客人背着一个很大的背包走进餐馆，他在一个座位上坐下，把背包放在地上。叶问香走上前去。

“先给我来杯水。”客人说，“顺便把你们经理叫过来。”

阿珍走了过来，说：“我是经理，请问有何指教?”一般客人在没有明确原因的情况下找经理，都由阿珍应付。

叶问香将水杯端了过来。

客人对阿珍说：“你们需不需要机器人服务员？比聘这些女孩子划算得多。”

阿珍看了一眼旁边的叶问香，仍旧一脸严肃，说：“我们目前没有这个打算，而且觉得这些女孩子的服务会比机器人更亲切一些。”

客人喝了一口水，把菜单摔在桌上，对叶问香说：“我视力不好，看不清菜单，你帮我念一下。”

叶问香没有去拿菜单，她从头到尾将菜单背了一遍，包括价格。

客人开始关注身边的这个服务员，又点了 4 个菜，问总价。叶问香马上报数。

“训练有素啊，呵呵。”客人对阿珍一笑，说：“就按刚才点的上吧。对了，一会儿还叫这个姑娘给我端上来。”

顾客就是上帝。阿珍拍了拍叶问香的肩膀，转身走了。

当叶问香把菜端上来的时候，客人已将背包里的东西摆满了桌子，是一套复杂的机器模型，看来他是个结构工程师。客人挑衅地看着叶问香，说：“把菜摆上来吧，但不要破坏我的结构，我要边吃饭边研究。”

叶问香左眼扫描了一下桌上的结构，建立了一个物理模型，估算了一下材料和应力，她将4个盘子一个一个地放在了相应的位置，鱼香肉丝架在了两根链条中间；蒜蓉青菜和紫菜蛋汤在一个四连杆结构上找到了平衡点；扬州炒饭的盘子边上挂着2个勺子和1个叉子，使其重心低于盘底，放在了立柱的尖顶上。最后一双筷子实在找不到地方，叶问香交给了客人，说：“请慢用。”

客人举着筷子，张大嘴巴，一动也不敢动。他把筷子插进上衣口袋，摸出一张名片，双手递给叶问香，说：“如果你以后想在结构设计领域有所发展，请联系我。”

叶问香接过卡片。也许这就是传说中的机会和梦想之地，没人关心你的过去，只看你现在能做的事情。

晚上回到寝室，叶问香受到了英雄般的待遇，几个女孩把她围住，对她一阵赞美。

“平时看你话不多，没想到还有这么一手，小时候玩积木练出来的吧?”妹妹说。

姐姐：“你玩的积木也不少，敢不敢试试啊？我看问香以前是练杂技的。”

本地女孩一直没那么兴奋，说：“那个客人想让我们下岗啊，幸好问香为人类争光，不然你们就被机器人挤掉饭碗了。”

姐姐："才不会。文明世界那边的机器人餐厅我也去过，那些机器人就是一个自动送盘子的餐车，加上一点交互功能而已，何况在这里。放心，机器人是代替不了我们的。"

听到了文明世界，本地女孩来了精神，说："大姐你说说，那边是不是很发达啊，汽车都是在天上飞的？"

"问香刚从那边过来，你问她啊。"姐姐说。

"也没有，天上飞的大多是无人机，一般是运小批量物流的。"叶问香说，"电动汽车基本已经无人化了，自动驾驶更安全。"

"我真想过去看看啊。"本地女孩躺在床上，仰面朝天地说。

妹妹："估计是没有机会了。其实你真的到了那边日子也不会好过，除了端盘子、洗盘子，你什么也做不了。爸爸说还是这里好，你看问香刚做了几个月，就有大老板邀请她了。"

姐姐："对了问香，今天那个客人是做什么的啊？"

叶问香："看他的名片，是一家生产自动机器的公司，开拓公司是它的大客户。"

本地女孩："好厉害的公司啊，能和开拓合作。"

妹妹："也没什么，你要是有问香的技术，就找阿珍姐的老公吧，人家就是开拓公司子公司的技术总工。"

"真的啊！"其他两个女孩子一起喊道。

"我都没听她说过啊，"姐姐说，"有那么厉害的老公，阿珍姐怎么还在这里干苦工？"

"这就是你们说的自由呗，"本地女孩说，"你们在文明世界生活那么好，却跑到这里来，还不是一个道理。"

几个女孩回到各自的床上，熄了灯。

叶问香躺在床上，接上电源，把一个假手机握在手里，那是一个无线耦合充电器，利用晚上休眠的时间补充电能。从整个环境来看，叶问香留在这家餐馆里没有太大问题，但她开始计划离开。这主要有两个原因，一是每天接触洗洁精，加速了双手人造皮肤的老化，而在开拓城目前还找不到这种皮肤材料；二是没有独立的生活空间，不能进行复杂的身体保养，比如润滑关节和检查内部线路等。和一般人一样，想改变生活环境，就需要提高工作待遇，而餐馆服务员的薪水远远无法达到叶问香的要求。

第二天，在厨房里刷盘子的时候，叶问香找到了与阿珍单独交谈的机会。

“阿珍姐，”叶问香一边刷盘子一边问，“听说你的老公在开拓公司做技术人员。”

阿珍停了一下手里的活，又继续刷盘子，说：“你的意思是我不应该在这里做小工？”

“不是，”叶问香说，“有份属于自己的工作很好。我想请你帮个忙，拜托你老公帮我找份新的工作。”

“怎么？”阿珍转头看着叶问香，“觉得这里的工作干不下去了？”自从昨天叶问香展示特殊技能之后，阿珍已对叶问香刮目相看，她清楚身边这个女孩子在餐馆里做不长久。

“其实大家都对我很好，只是我还想学习一下其他的事情，尽可能地改善自己的生活。”叶问香如实回答。

“我可以给你他的联系方式，你自己去找他吧，”说到这里，阿珍刷盘子的动作更加用力，稀里哗啦的碰撞声好像谁在发牢骚，“其实我找不找他都一样，他从来没有给家里人行过方便，几十年来都没有。”

叶问香仔细地听阿珍说话。

“老公比我大十几岁，以前我们是邻居，我们的父母是同一个单位的员工，那时住在单位的家属院里。他是一个像木头一样呆板的家伙，整天把自己关在房子里读书，但从小喜欢带着我玩。”说到这里，叶问香第一次看到阿珍脸上露出笑容，她知道，这是时间和记忆对人类情感的影响。

阿珍继续回忆：“当我长大成人以后，他还是孤零零的一个人，当时他留在父母的厂子里做一个维修员。别看他平时呆板，但做技术工作很在行，成了厂子里的骨干。我想嫁给他算了，虽然大我十几岁，也算是青梅竹马，家里人也都同意。对我来讲，婚姻是件很重要的事情，可是生活根本没有任何改变，我们还是住在一个小区里，他还是一门心思地钻研他的技术，甚至把家都变成了他的实验室。”

阿珍放下手里的盘子，用布擦了擦手，说：“后来，我也慢慢地习惯了这种波澜不惊、平平淡淡的生活。等孩子们读了大学，又到了另外一个城市安家立业后，我们也到了退休的年龄，年轻时的梦想早已远去。可我那个闷了一辈子的老公，非要换个环境。他当时已在原来的企业里做到了总工，薪水还算不错，退休后我们都可以享受社会保障，晚年无忧。但他鬼迷心窍似的，铁了心要离开文明世界。”

“我是拧不过他，难得他这辈子拿一次主意。”阿珍的脸上又恢复了往日的表情，“在那边的时候，对这边还不是很了解。我当时就没有再坚持，随他去吧，嫁鸡随鸡、嫁狗随狗，就跟他来到了这边。”

“什么自由之城、梦想之地，其实就是比那边落后几十年，现在这边和我小时候的情况差不多。”阿珍总结到，“孩子，别抱什么幻想，只是这边还不够发达，等到了那一天，还是一个样。这就是社会的发展规律。”

叶问香把刷好的盘子整理好，放进了消毒柜中，把自己的双手轻轻地擦拭干净。

“那你们想过回到文明世界吗？”叶问香问。

阿珍：“我从来到这里的第一天开始就想回去，后来也慢慢地习惯了，目前看来没有希望。不过你是应该换份工作了，你还年轻，这里不太适合你。”

“嗯，找个合适的机会，我找经理说下这件事。”叶问香说。

“其实我是这家餐厅的老板，”阿珍又露出了笑容，“那个经理是我招聘过来的，他替我打理那些我不想操心的事情，我只想安安静静地打发这些多余的时间。”

阿珍将叶问香继续留在餐馆里，等她找到另外一份合适的工作。

半个月后，叶问香被一家建筑设计公司录用了，薪水足够她自己租一套公寓。离开前，阿珍为叶问香举行了一个送别晚宴，餐馆那天休业半天。

五

新的公司在城市的西边，她准备乘公交车前往，叶问香带着行李离开了阿珍的餐馆，走到公交车站，一个男孩在叫卖报纸。“号外，号外，开拓公司发表声明，强烈反对文明世界全球化2.0方案；国际巨头百里川跳楼自杀，天才博士接管威岭集团；文明世界穷途末路，各路精英选择失落世界……”

“请给我一份开拓新闻。”叶问香叫住卖报童。

“两元一份，”男孩递给叶问香厚厚的一沓报纸，“多买一份吧姐姐，报纸可以做一次性餐布和垃圾袋，绿色环保；废品回收时论斤卖，一斤旧报纸可以卖到两块五。”

“不用了，谢谢。”

叶问香买报纸的主要目的是在公交车上遮住自己的脸，以免左眼深蓝色的瞳孔被人过多关注。

公交车上乘客不多，叶问香坐在最后一排。她翻阅着报纸，从一堆广告中找到了关于叶同的新闻。报纸文章站在失落世界的立场，对威岭集团掌门人的更替和今后的发展进行了悲观的评论，但对事件本身没有太多的细节描述。

文明世界里看不到失落世界的任何信息，但在这里，那边的新闻可以上头版头条，这是非常有趣的事情。

到新的公司报到后，叶问香在离公司步行大概十分钟的位置找到了一间出租公寓，她终于有了自己的生活空间。对于叶问香来讲，在公司的工作也算容易胜任，总工将建筑设计方案做好之后，交给叶问香和其他几位同事，大家分工将设计方案细化，无非是一些行业标准和经验设计。虽然叶问香可以将制图软件装在自己身上来提高工作效率，但为了符合人类习惯，她还是利用计算机进行工作，一个有躯体的计算机去操作另外一个计算机。更加方便的是，公司允许员工将工作带回家里去完成，叶问香可以通过与计算机直接通信的方式来提高工作效率，留出更多的自由时间去维护自己的身体和收集信息，思考返回文明世界的方案。

像平时一样，每次对自己进行全面清洁之后，叶问香便会来到公寓的楼顶。让干燥的空气带走体内多余的水分。一般她会选择在太阳落山的时候，因为这时的温湿度刚刚好，而太阳的辐射已经减弱，皮肤不会额外加速老化。叶问香从楼梯登上楼顶平台，发现那个男子又站在了那里，静静地凝望西边一望无尽的沙漠。

叶问香准备离开，但男子突然回头看到了叶问香。

“可以邀请你一起欣赏落日吗?”男子说。

叶问香走到男子身边，这也是她经常站立的地方，说：“你好，我叫叶问香。”

“好美的名字，”男子托了一下自己的眼镜，咧嘴一笑，硬茬茬的胡须差点摩擦出声音，“我从小就在这里长大，喜欢这夕阳和这片海，我想我是大海的儿子，我叫海子。”

叶问香向海子指的方向望去，只有沙漠。

“但这里只有沙漠，没有大海。”叶问香说。

“其实都一样，”海子说，“无非一个水多一点，一个沙多一点。”

叶问香将看到的景象取出一帧，把沙和海水的颜色对调了一下，果然很像，而且还有波浪。叶问香很佩服人类的想象力。

“有时候，”海子继续说，“我来这里时，看你一个人站在楼顶，怕打扰到你，就自己回去了。”

叶问香对海子的信任判断指数提升，因为他具有和自己类似的行为。她问：“海子，你做什么工作？”

“我是一个诗人。”海子说。

听到诗人，叶问香又链接出很多问题，以前在叶同身边的时候，叶同经常说机器人不会写诗，其实他自己也从来没写过诗。叶问香为了证明自己具有和人类一样的情感，便写一些诗给叶同看，但叶同总是说那不是，这让叶问香的逻辑很混乱。

叶问香问：“诗是什么样的文字？”

海子说：“能触碰到你灵魂的文字。”

叶问香说：“那一定很难做到吧？”处理器和内存却在飞快地寻找自己的灵魂在何处。

“是的。”海子说，“一首好诗应该简洁易懂，但常用的文字数量又有限，排列组合方式已快被前人用完了，还要押韵、对仗。现代诗好一点，形式自由很多，但读起来不好听。”

海子对诗的解读补充了叶问香的知识库，她有信心再与叶同继续讨论这个问题，如果有机会的话。叶问香很珍惜与眼前这个自称诗人的人相处的时间，在他这里可以学到很多能拉近机器与人之间距离的东西。

“那你觉得诗人与其他人最大的区别在何处?”叶问香继续问。

海子笑了笑，说：“当然是我会写诗了。”

“哦，”叶问香又减少了一个问题，但还是回到了对诗的定义逻辑上。

“对了，”海子兴奋地说，“我写了一本诗集，刚刚出版，送你一本吧。”他从大衣口袋里掏出一本书，递给了叶问香。

叶问香接过书，像点钞机一样哗哗地翻了一遍，所有文字信息已经传到了处理器，但她知道这样的阅读方式不符合人类的习惯，她又翻到中间一页，眼睛在上面多停留了一段时间。

“这，可以叫作诗吗?”叶问香认真地问。

海子很难为情，说：“当然。”他探出双手，像是要抚摸什么，“现在还不能叫诗，但是，”海子显得很激动，“它很快就是了。”

叶问香刚刚弄清楚的逻辑又被人类的复杂行为给搞乱了，关于诗的定义又加入了时间变量。

她向海子道别后离开了楼顶。从此，她在那个地方再也没有见到过海子。

六

周末下午，公司召集所有员工开会，会议开到很晚才结束，布置了一个新的大型设计项目。叶问香没有在公司吃夜宵，她很担心自己的电量，由于一直以来没有更换过电池，她体内这块电池的续航时间越来越短。

叶问香离开公司后步行回家，为了减少电能的损耗，她选择了一条狭窄阴暗的小巷，走这条路可以节省 800 米左右的距离。由于对这条小巷的安全评估系数低于基本值，所以她平时并不走这条路。

当叶问香拐过最后一个弯，即将走到大路的时候，前方几个人堵住了本来就很窄的巷子。叶问香停住脚步，打开了左眼红外波段，两个男子将一个女孩按在墙上，女孩子欲呼喊，但被堵住了嘴，只能发出“呜呜”的声音。

叶问香对眼前的事件做出了判断，三个方案出现在内存里，她选择了最接近人性的一个。叶问香拿出手机，拨打报警电话，一边描述事件和地点，一边向前走去。

“呵呵，又来了一个。”一个男子在昏暗的视线里辨别出了叶问香是个女孩，“还有自己送上门的，是不是看到我们两个人不够分啊？”

“混蛋，抢她的电话，她在报警。”另外一个男子大叫。

发现叶问香的那个男子冲了过来，伸手去抓叶问香的手机。叶问香准确地抓住男子伸过来的手，反手一掰，男子痛苦地跪在地上。虽然叶问香不是为格斗而打造的，但她有足够的力气去扭断人类的指关节。

听到同伴的惨叫声，另一个男子放开了刚才那个女孩，从腰间掏出一把手枪，举手向叶问香开了一枪。

这颗子弹正中胸膛。叶问香没有足够的时间躲开那颗子弹。

叶问香担心线路的破裂和金属弹片在体内引起短路，发出了一条关闭主电源的指令，她自己也不知道这条指令是否来得及执行。视觉系统与运动控制系统迅速切断，冷却液压力泵关闭，叶问香瘫倒在地上。

男子挣开叶问香的手，和拿枪男子迅速离去。被解救的女孩走到叶问香身边，流着眼泪，跪在了地上，她抱起叶问香的头，借着昏暗的路灯，看到了胸前一片血迹。

叶问香重启了主机，尝试恢复体内的硬件接口并进行自检。由于冷却液通道严重破损，造成失压，压力泵无法启动，整个身体进入了自然冷却状态，叶问香的视觉系统只能以低频率工作，她看到的景物是一帧一帧的跳动画面。接通了身体的传感系统，她判断出自己的姿态，她正躺在一个女孩的怀里，胸膛附近已没有了知觉，周围的压力传感器数据达到峰值，这代表剧烈的疼痛；自己用手摸了一下伤口，指尖的传感器能感到有液体在流出，显然伤口创面太大，冷却液无法凝固，这样下去会有不可修复的后果。叶间香联想到了人类的死亡，她第一次感到违背第一指令的紧迫感，这是面对死亡的恐惧。

“帮我压住伤口。”叶间香对女孩说。

女孩一边哭泣一边撕下自己的袖子，叶间香从女孩手里接过这条碎布，慢慢地塞进弹孔，用左手紧紧压住，并锁定了左臂的主要关节。半分钟后，体内冷却液压力稳定，但仍低于警戒值。

女孩摸出手机，准备打电话叫救护车，叶间香阻止了她，但远处已传来了警笛声。

“医生和警察救不了我，”叶间香对女孩说，“请帮助我离开这里，如果你愿意的话。”

女孩擦干脸上的泪水，点点头，费力地扶起叶间香。由于没有冷却系统，叶间香不能全功率启动动力系统，她尝试启动关键的几条电磁肌肉，并时刻检测体内温度，当她站立起来时，体内各种报警数据堵满了中断程序入口，叶间香干脆将此全部关闭。她知道，自己的生命正在流逝。

在警察到来之前，女孩将叶间香扶回了公寓。所在的街区比较偏，这里没有监控摄像头。

叶间香半躺在沙发上，她对女孩说：“感谢你的帮助，请你帮我把行李箱拉近一些，然后你回家吧。我自己能够处理这一切。”

女孩当然不答应，说：“你冒着生命危险救了我，我不会丢下你的。我叫应琦，开拓公司 8 级员工，我会联系公司，请求帮助的。”

叶间香报以一笑，说：“你的公司也帮不了我。我叫叶间香，你还是离开吧。”

“你是叶问香?”应琦惊讶地说，“我记得你的名字。”

应琦把离开文明世界之前和叶同的相遇告诉了叶问香。

“他还在找我?”叶问香第一指令得到了确认。

“是的，”应琦高兴地说，“相信你们一定会再见面的。”

应琦在叶问香的信任指数排行中排到了第三位，前面两位是叶同和李如诗。

“如果能得到你的信任，”叶问香说，“应琦，请替我保守一个秘密。”

应琦点点头。

“麻烦你把行李箱打开，我的时间不多了。”叶问香的声音降低了，“一会儿你不要吃惊，我只是有一些地方与众不同。”

应琦听到后，又紧张起来，她按照叶问香的吩咐，帮叶问香取出一个个工具。当叶问香将外置摄像头接在自己皮肤下的接口，移开左手暴露出被遮挡的伤口时，应琦愣住了。

“没错，我是机器人。”叶问香用所剩不多的能量运行处理器，打开超光谱镜头分析着应琦的面部表情，她在等待一个回应。

“不管你是谁，反正是你救了我，”应琦终于喘过一口气，“还付出了这么大的代价，只要能救你，我做什么都可以。”

叶问香赶紧关闭了左眼的超光谱，这太消耗能量了。

“应琦，”叶问香说，“我内部的损坏比较严重，泄露的冷却液凝固在电路板和线路上，影响了视线，已经超过了自我修复的能力。一会儿我会关闭备用电源，进入休眠状态。请你尽快把我带给一个人，告诉他详情，并告诉他我是叶同的作品。”

叶问香边说边从衣服口袋里掏出阿珍给她的名片，递给应琦。

应琦接过名片，仔细看了一下，说：“匠伯？没问题，他是我们公司的人，应该很好找。”

再看叶问香，她已像睡着了一样，一动不动地躺在沙发上。

七

应琦开车将叶问香直接送到了匠伯的维修厂，今天是休息日，没有其他人。匠伯站在厂房门口等候多时，一位白发苍苍的慈祥老者，在迎接一位远方的客人。

应琦拍了拍叶问香，说：“问香，已经到匠伯这里了，你醒醒。”

叶问香重新启动了备用电源，睁开眼睛，调试片刻，她坚持自己从车中走下来，应琦帮她把行李箱卸了下来。

叶问香缓慢地走到这位老人面前，伸出右手与匠伯握了一下。

“喔，喔，喔，”匠伯发出了感叹声，他握着叶问香的手问，“是牛顿—欧拉？凯恩？还是拉格朗日？”（机器人动力学三种常用方程）

叶问香笑着摇摇头，说：“没那么复杂，我手上的压力传感器测到了你的握力，然后我的手指弯曲，直到压力相等。”

“我是该赞美你，还是叶同。”匠伯突然想起还有紧急事情要处理，“赶快进来，请。”

应琦拉着行李箱跟他们一起进到维修厂，匠伯将大门关闭，然后收拾出一个像手术台一样的维修台，让叶问香趟上去。

匠伯戴上一副老花镜，按照叶问香的提示打开了她的身体，应琦在一旁做助手，匠伯仔细检查了一下内部情况，问："你有没有把设计图纸一起带来？"

叶问香说："叶同只画了电路原理图，在我的备份固态硬盘里，但没有接线图。他说我是世界上独一无二的。"

"呵呵，"匠伯笑道，"这小子是为了给他的懒惰找借口，很显然，他本科专业没用心读。不过接线还算规整，还算用心去做了。你的确是独一无二的。"

匠伯用了半天的时间为叶问香修补肋骨，清洗了内部泄露的冷却液，更换了损坏的电路板和接线，恢复了电源系统和冷却管道，并补充了备用冷却液，像血液一样的液体。

"大体上你已经恢复了功能，但剩下的细致活儿我是干不来的，你看，"匠伯擦了擦额头上的汗水，"我老眼昏花，双手颤抖，而你又如此精细。"

"让我来吧！"在一旁的应琦早就想帮忙了。

"你也不行，"匠伯笑着说，"是我们人类不行，我相信这人造皮肤里埋置的各种传感器的接口连叶同也无法完成。"说完，匠伯看着叶问香。

"是的，"叶问香说，"叶同首先完成了我的双手和视觉系统，然后大部分组装工作是我自己在他的指导下完成的。"

匠伯点点头，说："这就对了，换了我也会这么做。"他转身取来一个高分辨率的摄像头，固定在照明灯的架子上，把数据线交给了叶问香。叶问香打开头发下面一处皮肤，露出接口，将数据线接头插了进去。

匠伯和应琦在一旁看着叶问香自我修复，不时帮忙递个工具，感叹人类和机器人的差距。“这个世界早晚是你们的。”匠伯默默念叨。

“问香，你这么做，一点都不痛吗?”应琦看着叶问香淡定地给自己做手术，不免有些疑惑。

“应该很痛，”叶问香一边干活一边聊天，“就像你们做手术前要麻醉一样，我关闭了皮下传感器的中断程序。正常情况下，遇到外界刺激时，皮下温度和压力传感器的数据如果超过了预警值，会发出中断申请，中断程序级别高得到了临界值时，肢体会直接做出回避动作，就像你们的条件反射。”

匠伯意味深长地说：“由于人类的自恋，把自身的进化缺陷也设计到你的身上。我想你们迟早是要抛弃这些的。”

叶问香熟练地闭合了自己的人造皮肤，说：“人类用了五千多年时间打造这个世界，在这样的世界里最好的生存方式就是在体型和思维上接近人类，这比改造这个世界容易得多，至少计算机的分析是这样的结论。”

“你在说网灵?还是你自己?”匠伯变得严肃起来。

“我和网灵不同，我是实体，它是意识体，”叶问香不紧不慢地说，“就像你们人类个体与国家意识体的关系一样，只是目前像我这样的个体不多，没准只有我一个。”

“但结论是相同的，”叶问香完成了修复工作，开心地一笑，“所以我要做个完美的人，回到叶同身边，让人类文明社会接受我。”

“留在这边不好吗？我也可以像叶同一样照顾你。”匠伯拉下眼镜，翻着眼珠看叶问香。

“你都说自己老眼昏花、双手颤抖，连个螺丝刀都拿不稳了。”叶问香说。

应琦和匠伯哈哈大笑。

“最需要你照顾的是阿珍姐。”叶问香站起来，再次握住匠伯的手，说：“她陪你从一个世界走到另一个世界。人性复杂，但最为集中的特点就是为了初衷而抛弃初衷，由第一指令发起而超越第一指令，在进化的道路上人类的追求永无止境。这是一台计算机无法做到的。感谢你救我一命。”

“你说得是，你说得是，”匠伯拍了拍叶问香的手，说：“我还有一件东西送给你，保证比叶同做的好。”

匠伯从一个工具箱里取出了一只机械手，“目前最坚硬的合金，关节里有微型无级变速器，低速运行时产生的力矩可以让你捏断大部分金属，虽然你的皮肤承受不了这么大的力，但在皮肤不再重要的关键场合，你可以用到这只手，比如你上次遇到的子弹，用它完全可以抵挡。”

叶问香摇摇头，说：“我不是一台格斗机器，我的理想是做人类的一员。”

“这并不矛盾，”匠伯坚持，“每个人都与众不同，你只是多了一点不同而已。”

“收下吧，”应琦在一旁说，“我要是你的话，就在脚底装上两个喷射器，飞到天上去，然后双眼再发出激光，把阻挡你的人劈成两半。”

八

告别匠伯，叶问香坐应琦的车回家。车开到开拓城中心路口时，被人群堵住了。有一个人站在一个报刊亭的顶上高声演讲，有点像花城学院的风格。

“我们为人类社会做出了巨大的贡献，我们把文明世界里最肮脏、最有害、最难处理的垃圾接过来，让文明世界变得清洁和健康，我们像肾脏和膀胱一样地工作，为此我们付出了沉重的代价，包括我们的子女以及他们的后代。然而，文明世界要向更高级阶段进化，他们各国之间达成协议，提出所谓的全球化 2.0 方案，这个方案把我们开拓城排除在外，他们抛弃了我们，卑鄙，无耻。他们仍旧离不开我们的工作，但又不将我们纳入全球化保障体系，这就是压迫，这就是剥削。我们要反抗，我们要重返文明世界，要让他们知道我们存在的价值……”

反正汽车也走不动，应琦摇下了车窗，叶问香听到有人公开宣扬重返文明世界，她非常关注。

没有人疏通车辆，但有人趁机在拥挤的车队里兜售车载充电器、洗车刷子和荧光贴之类的小物品。一个男子背着书包走到应琦的车旁，说：“《海子诗集》，两位，买一本吧，人类文明史上最后一位诗人，旷世著作，生命的绝唱，值得珍藏。”并将两本书丢进车内。

“不要不要，”应琦气愤地喊道，“现在谁还看得懂诗啊！”

“留着吧，”叶问香说，“我见过作者。”

“你见过作者？哈哈哈！有没有找他要签名啊？我高价收购。”卖书的哈哈大笑。

“小伙子，给我来一本。”旁边的车主喊道，估计是非常了解这里的堵车情况，准备看书消磨时间。

“这傻瓜还卖书呢，都忘了收我们的钱。”应琦笑道，关上了车窗，拿起一本诗集看了看，说：“这个诗人好像，已经死了吧。”

叶问香悄悄打开无线网络，搜索了一下关键词，她不再说话，安静地整理着一个月前的信息和关于诗的程序模型。

“还没问你做什么工作，在这边如何生活？”应琦问道，她想起了叶同拜托她的事情。

叶问香说：“刚换了一份工作不到半年，在一家建筑设计公司，还能照顾得了自己。”

“我在开拓公司的一个信息中心工作，虽然没有做核心业务，但比那边好多了，”应琦自报家门，“在那边我只能做服务、接待什么的，最后的一点幻想还是被你的叶同博士给浇灭的。”

“最近公司好像有大的项目要启动，信息中心大量招人，要不我介绍你来开拓公司吧。”应琦说，“以后我们两个也好有个照应。我和我们单位的主管很熟。”

“好啊。”叶问香正想进一步了解开拓公司，为她重返文明世界创造条件，没想到应琦主动提出，便一口答应了。

“我的身份，你要替我保密。”叶问香对应琦说。

“放心，”应琦说，“在那边，你叫什么名字啊？”

叶问香说：“在文明世界我没有身份，名字是李如诗给我起的，其他人恐怕不知道我是谁。离开那边的时候，我用的是李如诗的身份卡，当时还没有被冻结。”

人群终于散了，长长的车龙开始缓慢爬行。

“对了，”应琦一边启动汽车一边说，“刚才在匠伯那里听你说到网灵，我在文明世界的时候，一点儿消息都没有，来到这里后头版头条几乎都是网灵。这边说网灵是文明世界的终结者，还有一些捕风捉影的报道说网灵已经开始和开拓公司合作，共同对付文明世界的全球化。你怎么看？”

叶问香说：“我在梅师姐那里了解到一些关于网灵的消息。网灵在文明世界中属于高级机密，她引起的恐慌不亚于一场全球经济危机。但我觉得网灵目前不会与开拓城合作，这里太封闭也太落后，网灵需要一个高度自动化的生产体系，能够维持自主运行的闭合生产力链条，目前开拓城的人类自己还养活不了自己，还需要文明世界不断地输入，更谈何由计算机自我完成。”

“但敌人的敌人就是朋友啊，”应琦狡辩，“你没有发现这两个文明不再像以前那样亲密了？特别是失落移民，他们本身带来的就是愤怒，比如我，要是在那边能得到公平的对待，也不会跑这么远来这里。”

“你说得没错，”叶问香说，“所以网灵更不敢来这里了，她担心文明世界发动一场战争将两个敌人一起消灭。虽然失落世界和网灵与文明世界都有共存的依附关系，但总有底线，任何一方突破底线之后，都会带来灾难性的后果。这一点计算机更加清楚，她更善于计算。”

“你吓我吧，”应琦吐吐舌头，“世界大战啊？”

两个人一路上唠叨个不停。车子开到了叶问香的公寓楼下，两人拥抱而别。

九

一周后，叶问香接到了开拓公司信息中心的面试通知。

叶问香高分通过了笔试和面试，成为开拓公司的一名正式员工。信息中心属于开拓公司的核心部门，负责收集总公司需要的各种情报，由于开拓公司在开拓城扮演管理者的角色，信息中心几乎成了情报部门。信息中心分为两个业务部，叶问香所在的是内务部，主要通过计算机网络和无线通信方式收集信息；应琦在外务部，共事的都是一些能力突出的年轻人，负责现场调查，收集情报。

在新的工作岗位上，叶问香不敢怠慢。她积极向内务部老同事学习，与同事们配合得很不错。叶问香喜欢在这里工作的另外一个原因，是可以经常看到叶同的消息，威岭集团的近况也是开拓公司关注的重点。

利用计算机收集、分析网络信息是叶问香的强项，她太熟悉计算机和网络了。由于工作成绩突出，半年后她被升为小组长，主要负责文明世界的情报。在这段时间里，叶问香对人类文明世界有了更深入的了解，她自己的重返计划也逐渐清晰起来。

出于意识形态导向，文明世界的公共网络平台对失落世界的信息一直保持屏蔽状态，连开拓者塑像的照片都找不到一张，但各国的秘密情报部门却把失落世界作为观察的重点。开拓公司从最初承担一个全球性的垃圾处理项目开始，逐渐发展到全面管理一个地区，在决策能力和人才储备上已达到了国家政府的水平，开拓公司管理层已经开始为开拓城的未来进行谋划，为开拓者的后代考虑，核心利益逐渐明晰。这让文明世界各国感到不安。

叶问香的小组截获并破解了 A 国与 C 国高层之间联合应对开拓城的一封电子邮件，这是信息中心成立以来第一次捕捉到非商业目的的重要信息。开拓公司管理层非常重视这件事情，信息中心为叶问香的小组举办了内部庆功宴会，总公司最高执行官亲自为叶问香颁发了开拓勋章。

在宴会上最高执行官发表了重要讲话："信息中心的同仁们，感谢你们的辛勤工作，以及对公司所做的贡献。信息中心是公司的核心部门，关系着公司发展方向和重大决策的制定，你们的工作极其重要。"

"半个世纪以来，开拓公司为人类社会做出了巨大的贡献。社会发展到今天，开拓城成为人类文明中最关键的地区之一，担任着最为重要的职能。但我们一直受到不平等的待遇，我们没有得到文明世界应有的重视和尊重。作为这个失落文明的创立者和继承者，开拓公司背负着历史的责任和使命。当我们发现自己的后代不得不继续留在沙漠的中心时，我们便停止了在沙漠中深埋核电站废料的举动，而是开发出超级火箭将其发射到太阳系的中心。我们还打造了全世界第一个全程无人化工厂，让我们的员工远离高辐射、重污染的垃圾处理现场。我们没有止步，我们一直在努力改善员工的生存条件，请大家相信，用不了多久，我们和我们的后代将过上天宫一般的生活。”

掌声长时间地响起。

“反观文明世界，他们的发展却遇到了各种挑战，很多国家停滞不前，甚至陷入沼泽。几个大国为了应付眼前的危机和实现利益捆绑，共同发起了全球化 2.0 深度合作方案，幻想超越经济手段，从国家政策层面推动人类社会进一步分工，那将是一个继失去个体意识之后再失去国家意识的黑暗时代。开拓城将高举人类文明的火炬，向一切黑暗说不。”

掌声再次响起。

“但这是生产力发展的必然规律。”叶问香小声对身边的应琦说。

“别急，还没说到核心利益，那才是关键。”看来应琦对高层领导讲话的套路很熟悉。

“这个违背人类历史的全球化 2.0 方案，竟然把开拓城排除在外。世界上还没有一种生物，由于嫌弃自己的排泄物肮脏而将接触排泄物的器官放到体外，但文明世界要做的就是这样的事情。我们不接受这种赤裸裸的剥削和压迫，我们要坚决抵制全球化 2.0 方案，我们要重返文明世界，我们要创造新的未来。”

叶问香拼命地鼓掌。

最高执行官的内部讲话，几天后登上了开拓新闻的头版，像一声号角，整个失落世界开始躁动起来。

又一则来自文明世界的新闻，让叶问香的日常耗电量增加了 1.5 倍。

国际上几个巨头公司如期收到了威岭集团第一批合同的智能机器人，但全部是电动变形金刚玩具和充气娃娃。威岭集团总裁叶同宣布产品没有任何质量问题，而且保证售后跟踪服务。此事一出，文明世界炸开了锅，大客户提出了国际诉讼，威岭集团分裂，在股东们的策划下，子公司纷纷跳出来宣布与总公司撇清关系。总裁叶同和助理姬海静人间蒸发。警方通缉令悬赏1000万奖金，奖励提供叶同行踪重要线索的人士。黑市上叶同人头的价格涨到了2亿元。小道消息称，叶同和姬海静可能已逃往开拓城。

开拓公司管理层向信息中心下达任务，寻找叶同的消息是工作重点。叶同又一次成了公众焦点。

叶问香开始每到周末就跑到火车站，对着出站的乘客进行刷脸识别。

“没准他们化装了。”应琦有时候也陪叶问香去火车站碰碰运气。

“他做了变性手术我也能认得出来。”叶问香站在人群里，坚定地说。看来应琦不太了解人工智能的识别能力。

“那边悬赏通缉的那个机器人，是不是你啊？”应琦小声地问，“你好贵啊。”

“你可别拿我去卖钱，我不止这个数。再说，那边的钱在这里花不了。”叶问香认真地对应琦说。

“放心吧，”应琦说，“我会好好地留着你，等找到了叶同，看看大总裁愿意出什么价钱把你买回去。”

当然在火车站的寻找是徒劳的，但叶问香在离开开拓城之前，每个周末都去火车站已成了一个习惯。

十

机会终于来了。

为了抵制文明世界全球化2.0管理委员会全球公选，开拓公司开始秘密招募志愿者，决定向文明世界的几个主要国家潜送宣传队，用最原始的手段，向广大民众传播和宣扬失落世界的消息，以及对公平的诉求。但开拓公司官方对此事保持沉默，以免与文明世界彻底决裂。

叶问香和应琦加入了志愿者行列，被安排前往C国。

沙漠西边的港口和东边的铁路，将第一批志愿者送回了文明世界。A国和C国在对待失落志愿者潜入的问题上都很慎重，谁也不愿做强硬手段的先行者，因为深度全球化体系细节还没落定，难保开拓城的居民不会成为最后的投票者，尽管在对待失落世界的问题上两个大国的看法是一致的，但长期以来大国之间博弈的惯性驱使两国举棋不定。

志愿者中除了热血青年，还有一些专业的律师，他们准备好利用所有非暴力手段去争取权益。文明世界的广大民众对志愿者的到来充满了好奇，其中不乏一部分向往失落世界而没有付诸行动的人，所以志愿者在民间得到了宝贵的生存土壤。在民间力量的帮助下，志愿者躲避着警方的身份查询，并向其他国家迅速扩散。

然而，好景不长，世界各国在相互观望一段时间后，几乎同时对志愿者进行了强制性约束和遣返。

但失落的种子已撒向大地，静待生根发芽。

第五章

世纪审判

一

全球联大总部，座无虚席。

秘书长发言：“各位，自从上次世界战争结束后，一个多世纪以来，我们第一次带着诚意和共同的理想坐在一起，认真地讨论一些事情，并准备解决一些问题。”

圆形会场发出了一阵笑声和喧哗。

秘书长敲了一下麦克风，继续说道：“今天我们要通过并签署一个意向协议，如果顺利的话，我们还要研究几个问题。一个是为了适应全球化2.0方案推进各国之间的深度合作，我们准备改革全球联大的运行机构，成立国际管理委员会，不再设理事国，各国之间平等议事。”

“换汤不换药，新的管理委员会还不是几个大国说了算。”一个国家的代表打断了秘书长的发言。

秘书长没有直接回应刚才的质疑，继续说道：“管理委员会以及最高执行官的产生方式，会取决于更广泛的民意，由全球所有的合法公民共同投票产生。”

另一个代表打断了发言：“C国人口最多，国民意识比在座的任何一个国家都强烈，这样的投票我现在就可以预测出结果。”

“所以，这就是我们要讨论的另外一个议题，”秘书长说，“我们要研究出一个大多数国家可以接受的运行体制，这是细节问题。管理委员会的权限将高于现在的全球联大机制，今后我们地球上的重大事务将更有计划地去实施。”

“大家不要忘记，我们人类历史上曾有核武器的受害者，我们更关心核武器的限制和销毁是否一并纳入深度合作协议框架内。”J国代表抢先发言。

A国代表：“人类历史从来不缺少悲剧，但我们相信文明的进化会使我们有足够的智慧防止悲剧的重演。全球化2.0方案的实质，是将人类文明体系中的各国从生理层面结合起来，各国根据自身目前的特点和既成事实地位，扮演地球统一体的不同角色，这种角色今后是相对稳定的，不可重复也不可缺少，我们只有在各自的生存条件上形成相互依托的关系，才能实现真正的信任。我国承诺，全球化2.0方案正式签署之日起，全面停止发展核武器，2.0方案全面实施十年内，完全销毁核武器，核能技术委托管理委员会管理，用于电力或开发外太空。”

在场的代表都把目光转向了C国代表，等着看好戏。

“同意。”C国代表做了本年度最简短的表态发言。

会场又是一阵喧哗。

“你们两国私下已商量好了，还叫我们跑来这里开会！看来地球真的要开始民主了。”一位穿长袍的代表挥舞着手臂喊道。

“说得没错，我们这些小国早在贸易全球化的时代，就已根据你们的需要变成大国机器上的一个零件了。全球化2.0难道是给我们颁发一个合法牌照?”又一位代表大喊，他指着旁边的一位代表，说："你是全球橡胶指定生产商，你是香蕉，你是牛肉和牛奶，你们去唱歌跳舞，你们去种植稻谷，还有谁?"

"我们除了拥有美丽的海岸，还可以提供优质的海鱼。其实我们的小型游艇制造企业是国际一流的，只是销量不大，大家不太熟悉，在这里请允许我详细介绍一下……"

"安静，安静，"秘书长打断了会场的喧哗，"既然大家也看到这是大势所趋，不如我们坐下来仔细商讨一下实施细节，正如刚才一位代表所说，之前建立在自由贸易之上的国家分工是有竞争的、不稳定的和无序的，那现在就有这样的机会，人类重新找到自己的定位，在全球化体系保障中生存，各尽所能，共同创造美好的未来。"

"你们不尊重我们的意见，这是对人类历史的不负责任，"R国代表站起来，秘书长的发言又被打断，大家都安静了，"不要忘记，我国仍是核大国，我们有力量消灭世界上任何一个敌人。"

"这里没有敌人，今后更不会有敌人。"A国代表说，"没有记错的话，我国和C国就此事已与贵国进行过沟通了，大家的看法是一致的。"

R国代表说："是的，我今天是受国家委托，到此表态拥护和支持全球化2.0方案的。"

大家纷纷表示R国是个负责任、有担当、伸张正义的大国。R国代表向大家表示感谢，至此不再有人大声喊叫，会场秩序变好了很多，开始有人举手申请发言。

"我看就没必要每个人都发表一下自己的看法了吧。"F国代表终于不耐烦了。

“是啊，”E 国代表敲敲桌子，“我们都一直保持沉默，你们瞎嚷嚷什么。”

秘书长赶紧站起来缓和气氛：“难得大家共聚一堂，各抒己见，但由于时间关系，还是先举手表决吧。”

大会全票通过意向协议。

会议决定接下来首先制定全球管理委员会委员和最高执行官的产生办法，管理委员会产生之后，牵头起草全球化 2.0 方案的各个细节部分。

“下一个议题，”秘书长说，“让我们研究一下那片沙漠，如何对待那个失落文明。先请 A 国代表发言，大家欢迎。”

A 国代表愤怒地看了一眼秘书长，说：“还是请 C 国代表先发言吧。”

C 国代表说：“我们想先听一听 D 到 Z 国的看法和意见。”

B 字母打头的国家代表们松了一口气。

一位代表戴上眼镜，拿出一沓打印稿，清了一下嗓子，念道：“人类在文明的道路上苦苦摸索，每走出一步都付出过沉重的代价，社会发展到了今天，我们不能后退一步，特别是即将进入人类历史上最伟大的时刻，我们……”

“好了好了，”另一位代表打断了他的发言，“简单点说，我们需要这样一个文明隔绝的地方，不但可以消化我们产生的大量垃圾，还可以收容我们文明世界中有不同意见的个体，这些个体不断地产生，他们的追求和信念不符合社会的进化方向，而我们不能修建更多的监狱和制定更为苛刻的法律，这会被历史批判。我们没有一个国家愿意接纳没有个人信息档案的人类，就像我们的身体对不受控的细胞会产生排异反应一样，我们无法接受一些细胞，它们汲取着我们身体的营养，既不受控制，也不交付生理信息，这是很危险的。所以，为了我们有一个更好的自然环境和社会环境，而且要低成本地运行，失落世界是必须被隔离在全球化体系之外的。”

“非常精辟，”秘书长双掌合十，“但目前遇到了一点麻烦，当然是来自失落世界的，他们对深度全球化比较抵制，而且已经开始派遣志愿者奔赴各国进行游说。我们希望大洋对面的 A 国和与之接壤的 C 国承担起国际责任，捍卫我们的文明世界。”

A 国代表说：“就此事而言，我们希望与 C 国紧密合作，承担历史责任。”

C 国代表说：“我国政府和人民愿意为世界的和平和发展做出努力，并遵守会议决议。”

大家鼓掌，会议结束。

各国代表陆续离开会场，“请留步，”C 国代表叫住了 A 国代表，“在网灵事件上我们之间展开了紧密的合作，在传统势力范围内的军事部署和在外空间开发领域的默契，在这里向贵国务实的态度和行动表示敬意。”

“过奖了，”A 国代表说，“今天我们有足够的计算能力去分析和预测一些事情的结果，当然不会再像以前那样相互试探，希望贵国也以世界和平为首要责任，冷静地看待自身的高速发展。”

“说得没错，”C 国代表表示接受，“但就目前局势来说，我们对沙漠那边有严重的顾虑，还希望我们两国就此事进一步磋商。坦率地讲，由于我国与失落世界陆地接壤，让我们最为不安的是他们庞大的无人化生产系统，数以百万计的机器人一夜之间便可以装配上武器，那是一股血肉之躯难以阻挡的钢铁洪流。”

“贵国的意思是？”

C国代表面带微笑，小心谨慎地说：“请理解并允许我们建设一支能与之相匹敌的无人化地面部队，以保证对失落世界的有效压制，这符合国际利益，同时也确保了我国人民的安全。作为我们之间的战略平衡，我国支持贵国在制空权上对失落世界的监控，换句话说，天空可以给你们。”

“这听起来是一个不错的交易，”A国代表说，“但在陆地上与贵国接壤的国家众多，这支无人化地面部队为你们带来的不只是自身安全，还有区域军事力量的严重倾斜，我们担心周边国家会过度解读，引起不安，这对全球化进程没有好处。”

“不要忘记在海洋上我国做出的让步，”C国代表口气变得强硬起来，“以目前的实际力量，我们没有诉求更多的空间和权利，这在人类历史上是绝无仅有的。正如今天的会议，只有我们两国达成理解和信任，大家的解读才会正确。”

A国代表表示妥协：“你的提议务实而中肯，也符合我国利益，我想会有一个乐观的回复。”

双方握手告辞。

二

A 国西海岸航天发射基地，一只运载火箭腾空而起，打破了这里近十年的沉寂。

航天飞船驾驶舱里的两位宇航员，一个是具有 20 年飞行经验的老手卡特，另一个是第一次飞出大气层的新兵山姆。

飞船通过了大气层，停止了剧烈的颤抖，卡特解开安全带，活动一下四肢，又拍了拍身边的山姆。山姆睁开眼睛，透过宇航服笨重的头盔露出灿烂的微笑，这让卡特想起自己第一次飞上太空时的激动和兴奋。

卡特一边检查仪表，一边与地面联系："呼叫基地，呼叫基地。我是发现号。完毕。"

扩音器中传出声音："基地收到你的信息，请汇报。完毕。"

卡特："主推进器故障，没有按时启动，我们没有进入预定轨道。完毕。"

"请再次检查设备，尽量详细汇报情况。完毕。"

卡特："我们正在远离地球，准备手动分离助推器，下一步计划人工排除故障，争取返回地球。基地收到请回答，喂，通信系统遇到干扰，喂……"

说完，卡特切断了与地面的通信系统。

一旁的山姆已经脸色发白。

“别担心，年轻人。”卡特淡定地说，“这是一场编排好的故障，我们完成特别任务后，会安全回家的。”

“我们要去哪里?”山姆问。

“月球。”

“我的天哪，我不是在做梦吧。”山姆惊讶地说。

“好吧，我有足够多的时间给你讲这个故事。”卡特说，“这次任务的公开说法是，我们与C国达成共识，要围着地球飞很多圈，你看，我把原本的任务都忘记了。然后，刚刚出大气层，我们就出故障了，所以我们只能一直往外面飞，飞啊飞，一直飞到近月轨道附近，我们终于将飞船的故障排除了，然后请示地面，是否利用月球的引力返航，地面当然说你们要尽一切办法返回来。那么好，我们就绕着月球再飞一圈，然后回家。明白了吧?”

“那我们这次任务的真正目的是什么?”山姆问。

“月球的背面，山姆。”卡特突然严肃起来，“那里可能有我们想知道的秘密。”

山姆难过地说：“那为什么在出发前没有告知我详情，卡特，是不是祖国对我不够信任?”

“不是，”卡特拍了拍山姆的大腿，“这件事情属于高级机密，也考虑到你是第一次执行任务，所以基地决定等飞船出了大气层之后再向你通报。”

山姆：“难道你们不怕我在大气层外面无法接受这个挑战吗?”

“当然要考虑，”卡特晃了晃手里的麻醉枪，“如果是那样的话，这个会让你一直睡觉，直到任务结束。”

山姆的脸色再次变白。

“哈哈哈，”卡特大笑，“开个玩笑，这个是飞船中常备的药品。”卡特将麻醉枪往旁边一丢，看着它缓缓飘走，“我们分析过你的DNA和家族史，也详细调查过你的个人信息库。你绝对是一流的宇航员，不是吗？”

山姆终于放松了下来。他离开座位，帮卡特一起整理驾驶舱。“这也是我的梦想，我的父亲是一名优秀的空军飞行员，他希望我今后能够超越他，我所能想到最远的就是飞到大气层外面去，我想我能成为他的骄傲。”

“你一定会的，”卡特停下手中的工作，坐在座椅上看着山姆干活，“这是我最后一次执行任务，不久之后我将退休，到那时，我想去学校里给孩子们讲讲太空的故事。记得上次飞出地球已是十几年前的事情了。”

山姆问：“我们去月球背面看什么？”

卡特说：“几年前，我们的卫星接收到一个微弱的信号，它来自月球背面，由于信号太弱，无法判断是太阳光经过月球表面的反射还是人工信号，这件事情困扰了航天局多年。今天我们去看个清楚。”

山姆说：“也许是某个国家坠落在那里的探月卫星，也许是外星人，但为何如此大费周折，还要编造一个谎言去月球的背面？”

卡特说：“年轻人，这个世界看似平静，其实都是妥协的结果，就像你搭的积木一样，抽掉任何一块都会坍塌。对于地球来讲，月球太重要了，谁能将自己的装备先送上月球，谁就能牢牢地占领制空权，月球是一个永不坠落的空间基地，而且它的飞行不需要任何成本。”

山姆：“那我们为何不提前占领那里？事实上我们最早在那里插上了国旗。”

卡特：“地球上还有很多事情没有解决，只有地面上真正的王者，才有资格拥有月球这顶皇冠。所以，这些年来，大国之间将开发月球作为核心利益的底线而不去触碰。”

山姆：“卡特，我明白你为何十几年来都没有飞出地球了。”

卡特：“你越来越聪明了。”

山姆：“我有一个请求，一会儿飞到了月球背面，请由我向基地汇报情况。”

“批准了，”卡特说，“但我向你保证，你的汇报很可能没你想象的精彩，因为你只能看到环形山和尘土。据说那信号微弱得比家用电脑的还小，真是佩服现在的高科技，这样微弱的信号也能检测到。”

山姆：“我倒是希望看到外星智慧生命体，然后与它们合影留念。”

卡特：“哦对了，差点忘记与地面联系。山姆，打开备用通信装置，加密的频段已经设置好了。”

“没问题。”山姆打开了几个开关，扩音器里发出了一阵吱吱的声音。航天飞船的主推进器自动打开，航线开始变化，卡特和山姆纷纷抓住了驾驶舱内的固定设施来克服惯性与离心力之间的不匹配。

扩音器：“018 收到请回答，我是主机。”执行秘密任务通信时，代号已经改变。

卡特：“我是 018，一切正常，我们正在进入蛋糕的轨道。”

扩音器：“为什么这么久不与主机联系?”

“我们一直在讨论麻醉枪的使用方法。”卡特看了一眼山姆，两个人哈哈大笑。

卡特示意山姆去驾驶舱的瞭望台，山姆慢慢地飘了过去。

卡特：“报告主机，现在有一位优秀的青年水手，主动申请向主机汇报大海深处的情况。”

扩音器：“我们很高兴能听到他的声音，但要求必须洪亮清晰，不要带着西部口音。”

“呵呵，我向你保证，他口音纯正。”卡特说，“山姆，请你向主机汇报情况，把你看到的都讲出来。”卡特一边摆弄着手持式摄像机一边向山姆喊话，而山姆没有回答。

“山姆?”卡特继续催促，“听到没有，山姆，请向主机汇报，山姆……山……”

卡特回头看到山姆像一尊雕像一样，呆呆地站在瞭望台前。

卡特感到不对劲，赶紧爬了过去。

“我的上帝，”卡特也呆住了，“我看到了什么?”

扩音器：“018 听到请回答，你们那边发生了什么事情，请马上回答。”

卡特拿过山姆的对讲机：“报告主机，他们把开拓者塑像搬到了月球背面。”

飞船运行在近月轨道上，月球背面的地平线近在眼前，一座巨大的塑像以单膝跪地的姿势面向东方，在太阳光线的照射下，塑像闪闪发光。

三

C 国一架军用专机降落在 A 国西部航天发射基地。

几个人从专机上走下，迅速钻进一辆军车，飞驰而去。这几个人中的带队者正是洪斌。

军车在一栋大楼前停下，洪斌他们下车后快步走向大门，A 国负责这次秘密探月行动的负责人已等候在门口。

没有片刻停留，负责人在前方引路，一行人走进大楼。

“本次飞行我方事先知会过你们，只是飞船出现了一些故障，不得已利用月球引力返航……”负责人边走边说。

“但在我们看来，贵国的飞船没有任何故障，而是一次精准到位的环月飞行。”洪斌说。

负责人：“这已不重要，我相信局长阁下一会儿看到我们提供的信息后，我们会讨论另外的内容。”

洪斌一脸严肃，没有说话，继续跟着负责人穿过迷宫一样的大楼内部。

两个荷枪实弹的士兵站在会议室门口，洪斌和负责人走了进去，其他人在外面等候。

会议室内已有几位官员，见到洪斌后，一位年长的官员开口说道："不必介绍了，都是熟人，开门见山地说吧。"说着，递给洪斌几张照片。

洪斌接过照片仔细地观看，官员继续说道："这是三天前我们在月球背面用高分辨率航空相机拍到的图片，邀请贵国共享信息，并商议对策。"

"部长阁下，"洪斌拿着照片说，"我想知道，这三天来你对此事进行缜密思考后的结论。"

部长："开拓城每年两到三次向太空发送核废料，超级火箭经月球引力加速，改变航线后继续向太阳系中心飞去，最终被太阳引力捕获，得以销毁。超级火箭在绕过月球时，二级推送器脱落，坠落在月球背面，并一分为二，各自形成一个弧形拱顶，就是你看到的这几十个大型建筑。他们送到月球背面的不只是拱顶，还有机器人和建筑材料，这些机器人利用太阳能持续地工作，将月球背面变成了一个建筑工地。我们之前捕获的微弱电磁波，就是这些机器人之间的通信信号。经过我们飞船携带的探测仪器的扫描和分析，目前虽然没有发现人类活动的迹象，但那里已经建成了水和空气的净化循环再生系统。这些技术都是开拓城多年以来大力投入研究的成果，由于他们地处沙漠中心，与世隔绝，我们没有想到这些技术被直接搬上了月球。据我们分析，可以肯定的是，这些月球背面的建筑是为了满足人类居住条件建设的，而不是机器人的秘密基地。按照这种建造速度，一年半载后便可以使用。再结合失落世界最近一改往日的做事风格，我们估计开拓城已经具备了和文明世界摊牌的条件。"

洪斌放下手中的照片，说："你的意思是，开拓城计划移民月球?”

“很显然。”部长答道，“如果失落世界对文明世界的依附关系已被打破，那能够重新达到平衡的手段只有地球上的军事力量。由于半个世纪以来我们对那片沙漠关注得太少，现在不能确定他们是否已经拥有从核废料中提取高浓度放射性物质的能力，或者我们应该担心的是这种东西现在他们已经拥有了多少。不要忘记，失落世界的火箭是独一无二的，你我两国的远程火箭加起来都达不到他们的一次射程。是该马上采取行动了，我的局长阁下。上次全球联大会议的决议应马上实施，私下里贵国提出的陆空联合遏制方案我们没有任何异议，我们会在大气层以内限制开拓城的任何飞行器，也请您动员贵国军方马上成立无人化部队实现对失落世界陆地边界的军事封锁，我知道你们早有准备，这件事情可以在几个月的时间内部署完毕。”

“部长阁下，正如你所说，这半个世纪以来我们对失落世界知之甚少，而实质上是思考甚少，今天我们该重新审视那片沙漠了。”洪斌拿起那张月球背面开拓者塑像的照片，递给了 A 国部长，“正如这座巨型的塑像，它在地球上屹立了几十年，但我们视而不见，当它又出现在月球背面的时候，我们却极度恐慌。我们有没有思考过这座塑像的意义，以及建造者的内心世界？我建议召开两国最高层领导会议，协商如何重新对待失落世界。”

部长：“局长先生，我得知你是贵国推荐的国际管理委员会委员的唯一人选，按照贵国目前在国际上的话语权，你很有可能执掌国际管理委员会。但在对待失落世界的问题上突然改变看法，很有可能会使我们两国之前建立的信任与合作付之东流。不要忘记，还有网灵，一个人类史上最大的挑战摆在我们面前。如果我们两国之间失去具有诚意的合作，我们所在的时代将成为人类文明的绝唱。”

洪斌：“将网灵公之于众，让全世界的人民来决定自己的未来，我相信失落世界也会捍卫人类文明，他们毕竟是人类的一员。”

“年轻人，”部长叹了口气，“我们国家用了几十年的时间，向民众解释人类生产力发展规律及其表象与我们曾经追求过的价值观并不矛盾，以及其与红色主义之间的区别，而这又是多么的苍白无力。当然，你们没有遇到这样的问题。在个人主义与社会进化的磨合过程中，我们体验到了痛苦的滋味。个体意识的转变即是如此，更何况短期内一个国家集体意识的转变。没有一个民族愿意放弃理想，也没有一个国家甘受支配，大家只是在等待一个崛起的机会。请相信我，现在的世界，国际秩序比以往任何时候都更重要。而网灵，是打破这种平衡的钥匙，它必须被控制在我们手里，而不是某个或某些具有妄想症的国家手中。”

“好的，”洪斌说道，“部长阁下言辞中肯，我会将此次会晤的信息带回去汇报，定会给您一个积极的答复。”洪斌心里想，你说得对，但我真的不年轻了，我们之间希望得到的和担心失去的最好不是同一样东西。当然，现在已经有答案了。

四

命运可以把一个人变成一台机器，比如之前的姬海静；叶同可以把一台机器变成一个人，比如叶问香。所以，姬海静遇到叶同是她的幸运，百里川的死刺激了姬海静对生活的渴望，她害怕再次失去生命中最重要的人。姬海静决心把叶同留在身边，给他无微不至的保护，这是她能做到的，也是叶同最需要的。

叶同："我就这么藏下去，也不是办法。"

姬海静："那你再想一个更好的办法。"

叶同："我宁愿去失落世界，也许还可以找到叶问香。"

姬海静："那里更是法外之地，你知道你的小命值多少钱了吗？听说涨到两亿五了。这得多恨你啊，才能出这么多钱。"

叶同："我就不信这光天化日之下的法制社会没王法了。"

姬海静："知道为何法律严明吗？就是因为还有太多的违法之徒需要被束缚。你很有种，把这个地球上最难缠的人都得罪完了。"

叶同："他们亵渎科学，再说我也是为了国家利益，还有世界和平。"

姬海静："没错，你是正义的天使，所以我不忍心看着你被人家大卸八块。”

叶同带着讨好的口气说：“国家应该会保护我吧。你跟你们领导聊聊，我想过正常人的日子。”

“保护你？你创造的机器人到现在都还没有踪迹，给国家增添了多少麻烦，不把你关进大牢就不错了。”姬海静故意逗叶同，说：“我就是你领导，有什么想法找我聊吧。”

叶同有点儿生气：“你这是利用公职，发泄私愤。”

姬海静坐在沙发上，边整理自己的通信终端边说：“你说得对，我很气愤。本来我可以光荣地完成使命，在总部的某个下属单位里做份轻松的文职工作，衣食无忧地度过后半生。现在不得不冒着风险担任孤鹰小组组长，就是为了给你找一个藏身之地。”

叶同叹了口气，无奈地说：“说说你的小组吧，我也好配合你的工作。”

姬海静漫不经心地说：“看过电影吧，每个小组五六个人。由于执行的都是高级机密和危险的任务，小组成员身份严格保密，即使我的上级也不知道我们队员的真实身份。我利用职位的特殊权限，为我们小组的成员制作了假身份，这是允许的，在公共安全系统中无法识别出真伪。这样我就可以把你作为小组成员留在我身边，然后好好照顾你。”姬海静满足地一笑。

叶同继续耍赖：“组长，我可不会空手夺枪、后空翻躲子弹什么的，我就是你们的累赘。”

姬海静：“分工各有不同，你就做个技术人员吧，命贱的活我去替你干。说实话，真不好找像你这样的名校工科博士，还是个人工智能专家。”

叶同绝望地说：“以后我殉国了，国家会知道吗？”

姬海静：“放心，给你立个碑，把你做过的好事全写上去。”

叶同开始讨好姬海静：“上次在游艇上，把你当作机器人，是我不对，没有和你商量，我向你道歉。”

姬海静：“哦，对了，你不说我还真忘了，明天开始训练你空手夺白刃的能力。”

姬海静笑着拍了拍叶同瘦弱的肩膀，走了。

接到第一个任务，姬海静召集小组成员开会，任务是保证洪斌局长公开演讲的现场安全。小组成员有退伍的军人、登山运动员和医生，大家彼此以代号相称。

国际管理委员会的组建工作提前启动，为了得到本国民众的支持，洪斌决定在国内举行几场公开演讲，演讲安保工作的一部分由姬海静的小组负责。姬海静负责在演讲现场秘密清除特殊人士，特别是来自失落世界的志愿者，他们很可能会扰乱现场的秩序。由于现场有大量记者和电台在进行直播，所以清除行动秘密进行，不能影响到演讲的正常程序。

姬海静为队员们详细分工。由于人手短缺，叶同承担其中最为文明的工作，他化装成一位携带医疗助理器的老人，这种类似家庭医生的机器比较常见，背在身上用以监控心脏参数，而事实上这是一台伪装的检测仪，它可以强制读取周围人群的个人身份，并对周围人群进行扫描，对隐藏的武器或其他工具有智能识别功能。叶同带着这台仪器在人群中排查，遇到需要清除的对象，叶同只要接近此人，与之攀谈，远处观察点的小组成员将此人锁定，并指引潜伏在现场周围的行动组将此人迅速带走，交给现场穿制服的警察去处理即可。

叶同既紧张又兴奋，兴奋的是他又可以为国效力了，紧张的是他清楚自己的境况，现在各方都在找他。

走在熟悉的路上，叶同不免感慨往事，这条路就是第一次和李如诗一起带叶问香去购物的步行街，当年的建筑还在，但已物是人非。走过一家店铺，明亮的玻璃门像一面镜子，叶同停住了脚步，他似乎看到了多年后的自己，他希望镜中的人对自己说点什么，好指点一下未知的前路。

“不要对着自己发呆，牢记任务，你马上就要进入工作区域。”耳麦里传来了姬海静的警告。

叶同摸了摸挂在胸前的仪器，缓缓走进越来越拥挤的人群中。

前方几十米，人群中，叶同看到了一个熟悉的身影。只有她，叶同才能在茫茫人海中一眼认出，因为她走出的每一步都经过叶同精确计算，她的举手投足都在叶同的设计之中，她一定是叶问香。

叶问香在人群中若隐若现地向叶同走来，叶同的呼吸几乎都停止了，但他不能停止脚步，因为有任务在身。

走近了，叶同甚至看到她左眼深蓝的瞳孔，白皙的皮肤略显粗糙，看来这些年没有得到很好的保养，也没有更换。叶同甚至看出她的左手略显僵硬，难道是受过重伤？

叶问香也注视着叶同，但没有停留片刻，他们擦肩而过。

叶同愿意用十年寒窗再换一次擦肩而过，哪怕是再多看一眼，但他不敢回头，因为他知道，一旦回头，行动小组会马上行动。

这个世界上有种痛苦，就是相见却不能相认。

五

叶问香随志愿者一起乘坐失落列车返回了文明世界K市，这是半个世纪以来第一次大规模返回。在开拓公司常驻K市员工的帮助下，志愿者迅速分散转移到C国各个城市，叶问香前往G市，她出生的城市。

由于文明世界注销了失踪人员，志愿者们在文明世界没有身份编码，无法获得移动通信和网络账号，他们之间的联络非常不便，所以组织活动也比较松散。叶问香虽然没有身份，但她仍可以隐蔽地利用文明世界的网络资源。

与叶问香同行的是一位十几岁的女孩，多年前她随父母一起去了开拓城，在G市还有一位奶奶，老人由于身体原因，需要这边的医疗保障，就一个人留在了文明世界。

女孩叫阿苏，身材瘦小，平时话语不多，喜欢穿一件大外套。阿苏邀请叶问香一起住在奶奶家，叶问香答应了。

阿苏奶奶见到孙女激动不已，她以为有生之年再也见不到亲人了，没想到孙女回到了她的身边。年迈的奶奶不停地埋怨阿苏的父母，不该把孩子带去那个地方。阿苏和叶问香住在奶奶家里，没有遇到太多麻烦，阿苏经常跑到外面贴一些标语和联系其他志愿者，而叶问香则一直在寻找叶同的踪迹。

一天下午，阿苏带应琦回到家里，熟人见面，大家都很高兴。应琦给志愿者带来了一些通信设备，主要是老式的无线对讲机，通信范围在几公里以内，虽然技术落后，但已经解决了不少问题。

应琦还给叶问香带来一个任务，总部那边获取了一个可靠的情报，姬海静的行踪已被查明，开拓城推断叶同很有可能在姬海静的行动小组里隐藏身份，明天下午官方有个公开演讲，姬海静有现场任务，这是一个找到叶同的好机会。

叶问香问："如果找到叶同，他们要如何处理？"

应琦说："明天还有一些开拓公司的安保人员潜伏在现场，你只要认出叶同即可，他们会将叶同带走，秘密送到开拓城。你们以后就可以在那边团聚了，这也算满足你的心愿吧。"

叶问香终于明白了，开拓城派遣的这批志愿者只是个幌子，他们隐藏了更多的意图。

"对不起，应琦，"叶问香说，"这个任务我恐怕无法接受，我不能确定叶同今后在那边的处境是否安全，而且这也不一定符合叶同自己的意愿。"

"我猜到了，"应琦说，"请理解，我替你做主接下了这个任务，我想你至少有机会见他一面，总好过你每周往火车站跑。"应琦摆弄着手里的茶杯，说话的声音小到叶问香将声波信号的功率放大器设置到上限值才能听得到，"谁也没说任务必须要完成，再说叶同即使去了，没准也会化装，你就假装看不着呗。"

善意度和可行性均达标，叶问香决定采纳应琦的方案。

叶问香走在昔日的大街上，这是当年她第一次走出实验室来到的地方，街上的建筑仍在，但已物是人非。在熙攘的人群中，叶问香远远地看到了一个身影，与叶同的吻合度为12%，她向这个方向走过去，距离逐渐拉近，吻合度提升到30%，叶问香启动左眼的超光谱，图像识别系统剥离了叶同表面的人造皱纹和胡须，吻合度为65%，叶同胸前的仪器内核是身份识别系统，难道他也在寻找一个人？叶问香环视了一下四周，取了一张高分辨率静态图像，所有关键的人物均被系统标识，包括2000米之外一栋高楼窗口内的姬海静。叶问香快速地运行着处理器，分析出上百条可能出现的情况，她还是选择走向叶同。

叶同为何没有认出自己？难道是有着和自己类似的原因？还是在叶同的脑海里已失去了自己的记忆？或者自己的容貌随着时间流逝发生了改变？叶问香存储器中所有与叶同二字有关联的词条都被调入内存，她的超级处理器竟然出现了拥堵，使得体内温度升高，冷却泵加大了频率和振幅，直到自己听到了自己脉搏的声音。

面前的人正是叶同，但要装作没有认出，叶问香就这样看着叶同与自己擦肩而过。

叶问香一直将这条路走到了尽头。右拐，又将另一条路走到了尽头。

她重新定义了距离的概念，距离不是沙漠的另一边，也不是两个文明的界限，而是面对面却不能相认。

一直将自己的电量走掉了一半，叶问香才停下来，准备重新规划一下刚才无序的行程路线。与刚才人群拥挤的街道相比，这条路冷冷清清，午后的阳光安逸地洒在路面上。对面的商铺不知什么原因早已打烊，银灰色的防盗门连成一片，像一个舞台的背景。

一个穿着风衣戴着帽子的女孩走进了这幅画面，她停在了叶问香的正对面，左右看了一下，又背对着叶问香仔细地端详这片银灰色的大门。然后从口袋里掏出一把油漆喷枪，像一个素描画家一样开始了她的工作。

阿苏，叶问香识别出了路对面的女孩，正在规划的返程路线又被中断。

叶问香没有打扰阿苏工作，她看着阿苏喷下几行字，接着开始用刷子画开拓者的雕像。

六

警员李继宇和新来的同事孟明并排走在路上执行巡逻任务，也在享受着午后的阳光。

李继宇：“我们运气不错啊，分到这个街区，还可以散步晒太阳。二队的那帮兄弟们就辛苦了，洪局长的演讲现场在他们那边，半个城市的人都跑过去了，够他们忙的。”

孟明：“是啊。我刚从警校毕业，真想去见见大场面。”

“傻瓜，”李继宇笑着说，“干我们这行的还怕见不到大场面？以后有你心惊肉跳的时候。上周，三队一个同事，在抓捕一个开拓城的志愿者时，被他们的同伙用工具刺穿了脖子，现在还在医院里躺着呢。”

孟明：“如果是您会怎么应付？”

李继宇拍了拍腰上的枪套，说：“这个是干什么用的？一个警察连自己都保护不了，还怎么保护别人？”

孟明：“但我还是觉得枪支要慎用，毕竟我们的公民是禁枪的。”

李继宇：“嗯，希望等你下次遇到紧急情况时，这句话还牢记在心。”

孟明：“李警官，您从警经验丰富，有没有开过枪啊？”

李继宇：“废话，没开过枪怎么做警察啊！”

孟明：“给我讲讲您上次枪战的经历呗。”

李继宇表情奇怪地说：“那啥，也没啥，上次实弹演习的时候我是红方，你也有机会的。”

“哦，”孟明好像明白了，他不敢再问李继宇关于枪的事情了，一边走一边摸着自己腰间的枪套。

“你小子别总是摸那玩意了，不怕走火啊？”李继宇无奈地看着身边这位新来的同事，其实自己身上有多处枪伤，那是在国际缉毒组服役时留下的，他曾经受到过多次嘉奖，现在回到国内做一个片警，他很享受现在平静的生活，曾经的奖章已被他藏在了内心深处。

两个人拐过一个路口，继续往前走。孟明发现前方有人在墙上涂鸦，他跑了过去，李继宇也跟在后面加快了脚步。

阿苏正在专心地画画，当孟明走近后她才听到脚步声，阿苏丢掉手里的刷子，把脖套往上一拉，遮住了脸，转身想跑。

“站住，”孟明看了一眼墙上的涂鸦喊道，他判断出对方是来自开拓城的志愿者，“不许动。”

阿苏停住了脚步，慢慢地转过身，右手插在口袋里。

孟明看到阿苏右手口袋中有物件，训练有素地掏出了枪，举了起来，说：“把你的手慢慢地从口袋中拿出来，然后举过头顶，要慢。”

阿苏可能是被这种场面吓呆了，她没有松开右手，而是慢慢地将手从口袋中掏出来。

“手里是什么?”孟明紧张到了极点，因为他看到了阿苏手里的枪把，他忘记了应该命令阿苏松开手中的物品。

阿苏继续将手中的东西拿出来，可能是想给对方看。

“不要。”李继宇喊道，但已经晚了。

极度紧张的孟明，手中的枪响了。

子弹从阿苏的眉间穿过，阿苏倒在了地上，红色的血液慢慢地在地面上流淌，像一条红色的围巾在轻轻飞舞。

“如果我是你的话，”李继宇对身边呆若木鸡的孟明说，“会再向天上开一枪。”

李继宇走到阿苏跟前，从她口袋里掏出了那把彩色油漆喷枪。

又是一声枪响。

路上有几个行人驻足，又迅速离开。

李继宇转身看着目光呆滞的孟明，拿起了对讲机：“呼叫总部，彩霞路发生状况，嫌疑人已被击毙，请马上派人处理现场。”

李继宇走到孟明身边，将他手中的枪放回枪套，一只手扶住他的肩膀，低声说话。由于隔着一条马路，对面的叶问香听不到说话的内容。

她知道不久后会有大批警察赶到，只好离开了那里。

七

洪斌办公室。

G 市警局局长将一个文件盒子放在了洪斌面前。“报告洪局长，这是案件的详细情况，请您过目。”

“啪”的一声，洪斌重重地将手拍在文件盒子上。“为什么偏偏在这个时候，出这种问题?”

“请您息怒，”局长小心地说道，“初步看来，这是一个意外。据说，我们警员开枪是符合程序的。”

“据说是什么意思?”洪斌狠狠地盯着对面的局长，“街区的监控录像调出来没有?”

“监控录像，”局长擦了擦汗，“坏了。”

洪斌暴跳如雷，“我都不信！你敢不敢说给媒体听？全城无死角监控，偏偏就在那个地方，就在那个时候，它就坏了。我看是你们脑子坏了。”

“请您息……息怒，它是真的坏了。”局长说话已经开始结巴。

洪斌努力冷静下来，说：“你被停职了，我会马上成立专案组接手这个案子，这件事要查个水落石出，你们谁也跑不了。”

局长把帽子摘了下来，说：“洪局长，当务之急，是先稳住舆论。国际管理委员会大选迫在眉睫，国外一些媒体已经开始拿此事做文章，如果当事警员没有鸣枪示警，可能会被解读到群体歧视层面，开拓城那边已经聘请了律师团，向法院提出公开审判的申请。所以，力求我方警员程序合规的情况下，再从重判罚，方可减小负面影响。”

“当务之急……”洪斌皱着眉头看着局长，“你的辞职报告回头再写吧，先去把媒体的事情处理好。”

“是，”局长向洪斌敬了一个礼，“那天与当事人同行的警员已录完了口供，他说随后赶到，无法确定是不是第二枪射中受害者。还有一些情况没来得及写进报告，我现在向您口头汇报一下，现场的目击证人我们已经派人谈过了，一对老年夫妇正好经过那里，他们表示支持警方的行动，拥护将失落世界的人清理回去，所以，他们不会出庭作证。还有两个路人，事发后迅速离开，表示不知情。只是……”

洪斌追问到：“只是什么？”

“只是还有一个现场目击证人，我们无法接触，”局长继续说，“这个人比较特殊，她来自开拓城。”

洪斌：“为什么不能接触一下？可以谈条件。”

局长：“恐怕她的条件我们无法接受，她就是我们秘密通缉多年的机器人。”

“什么？”洪斌瞪大了眼睛，“就是那个从人工智能实验室逃走的机器人？”

“是的，她和开拓城的人在一起，估计现在那边已经将目击证人的材料送到了法院，我想他们应该不会耽搁任何时间。”

洪斌：“从法律角度，她的证词是否有效?”

局长：“还无法确定，但我们已经请到了国内最著名的刑事案件辩护律师，据说他有把握推翻机器人的证词。只是……”

“说!”

局长：“按照目前的法律规定，对目击证人有详细的保护措施，恐怕今后我们很难抓捕她。”

洪斌：“那她到底算人证还是物证?如果法庭不采纳证词，她还算不算证人?”

“这个，”局长有些为难，“我不太专业，还需我方律师研究一下。”

洪斌：“记住，这个证人你给我盯紧了，一有机会马上抓捕，还有那个叶同，尽快找到。一定不能让他们逃到国外，记住，这是大事，比你我的前途都更重要。”

“是。”局长戴上帽子，又敬了一个礼。

洪斌点点头，说：“现在你告诉我，监控录像究竟是怎么回事?”

局长：“事情很蹊跷，应该是技术问题，已经责令监控工程承担方去做技术分析了。但我向您保证，绝对不是我们内部人所为。”

洪斌眉头紧锁，在办公室里踱来踱去，他最担心的一个可能就是网灵插手。若果真如此，那整个国家的每一个细节都在网灵的窥视之下了。

八

姬海静一进门就疲惫地倒在了沙发上，一把扯掉假发，扔在一边，懒洋洋地说："一个好消息和一个坏消息，你先听哪一个？"

"最短的那个。"叶同坐在镜子前，仔细地检查着自己的头发。

姬海静："你到底怎么了？自从上次任务结束后你就不对劲。你说仪器在现场坏了，但谁也没说要追究你的责任啊。"

叶同："执行任务的那条路当年是条步行街，还记得吧？"

姬海静："记得，在这个城市生活了这么久，那条街我只去过一次，买过一套西装，"姬海静停顿了很久，"就是你现在穿的这件。"

叶同僵硬了很久，说："下次给我化装的时候，能不能换个质量好一点的染发剂啊？"

姬海静："什么意思？"

"有几根头发洗不干净，我只能，"叶同终于瞄准了一根白发，捏在手里用力一扯，"把它拔下来。"

姬海静从沙发上起来，走到叶同身后，看了一眼叶同手里的头发，说："别拔了，那是你自己长出来的。"

叶同看着手里的那根白发，沉默了半分钟，说：“拔都拔了。海静你帮我个忙，旁边还有几根，我看不太清。”

姬海静扒拉了一下叶同的脑袋，说：“算了吧，后面还有好多。”

叶同对着镜子又呆呆地坐了半个小时。

“说说你的好消息吧。”叶同终于说出一句话。

姬海静：“洪局长现在民意很高，很有希望担任国际管理委员会首席，他现在极力推进两个文明世界的融合，如果顺利的话，不久以后两边的人就可以相互往来。这样的话你和叶问香就不用装作谁也不认识谁了。”

叶同：“那坏消息呢？”

姬海静：“你的脑袋现在升值到两亿八了，他们还是不会放过你。”

叶同继续摆弄自己的头发，好像对自己的身价很满意，“叶问香现在情况如何？”

姬海静：“目前她安全了。最高法院受理了案件，问香是唯一的目击证人，已启动了法律保护程序，她将受到比大国元首的安保等级还高的保护。一周后开庭，公开审判，叶问香出庭作证。之后的事情就不好预测了。”

叶同：“既然是公开审判，找个机会，让我过去听听吧。”

姬海静摇摇头，说：“很难，我们小组目前没有接到关于法庭的任务。再说你现在自身难保。”

叶同：“你一定有办法的，帮帮我吧，我愿意把头发染成任何颜色，坐在后面一声不吭。”

姬海静叹了口气，说：“好吧。”

九

应琦帮叶问香一起收拾好行李，准备乘车离开阿苏奶奶的住所。

“你们要是见到阿苏，叫她赶紧回家。”老人家送到门口，还在叮嘱。

应琦和老人家拥抱而别，上车后已泪流满面。叶问香尝试去理解一种痛苦需要用谎言去掩饰的理由。

应琦擦干了脸上的泪水，对叶问香说：“公司为阿苏的事情组建了律师团，最高法院迫于舆论压力决定公开审理这个案子，在律师团的努力下，法院同意你一周后出庭作证。现在你已经受到最高法院的保护，任何人和任何团体都无法接触到你，这段时间内你是安全的。如果没有猜错，我们这辆车走不到下一个路口，便会有警车把我们截住，将你带走，但你不用害怕，他们不会伤害你。”

“问香，你在法庭上有两个选择，作为你的朋友我帮你分析了一下。第一，将你看到的一切如实说给法官、陪审团和到场的民众，肇事的警员将受到法律的制裁，法庭会还阿苏一个公道。但有一个极大的可能，就是被告律师一定会反驳你的证词，出于立场上的分析，法官和陪审团会倾向被告一方，很有可能你的证词不会被采纳，判决结束后你便失去法律的保护，结合你的特殊身份，还有可能以伪造证词为由将你监禁，开拓城会尽力解救你，但机会渺茫。”

“第二，你也可以回避事实，甚至提供有利于肇事警员洗脱罪名的证词，这是法庭和文明世界所期待的结果。你的证词将被采纳。按照法律规定，在对社会造成重大影响的案件中，证人证词被采纳，证人将终身受到法律保护，为了让证人避免可能遭到的报复和迫害，以及由此可能给证人带来心理压力，证人保护条例详细地描述了保护范围和细节，以确保证人今后的正常生活。为了避免保护盲区，对证人的描述已超越了自然人的定义。问香，这是唯一一个让你在文明世界里获得自然人权利的法律机会。”

“在我心中你是一个有血有肉有感情的人，我相信你的灵魂就在你身体的某个部位，夜深人静的时候她会和你的良心去交谈。”

“应琦，我……”叶问香刚开口，车子突然紧急刹车。

四辆警车突然出现在周围，刺耳的警笛声划破了夜晚的宁静，天空中一架直升机的探照灯将夜晚照亮。

“车内的人请注意，请缓慢走下车辆。为了保证你的安全，请不要做任何异常举动。”直升机上传出了高音广播：“再说一遍，我们是高院执法人员……”

应琦和叶问香走下车，分别被全副武装的警察带上两部车，消失在夜色中。

十

宽敞的最高法院法庭内威严肃穆，旁听席上早已坐满了人，人群里有不少来自世界各地的记者，此案的判决倍受舆论的关注，不仅是原告和被告代表了两个文明世界，更吸引眼球的是有一位特殊的证人将到场作证。

三位法官和陪审团走进法庭，大家安静下来。坐在中间的主法官是一位老者，他戴上一副老花镜，宣布开庭。

原告一方和被告一方都请了顶级的律师，双方律师慷慨陈词，但没有什么新意，大家在新闻中早已有所了解。

法官宣布证人进场，所有人的目光都投向了主席台旁边的小门。

叶问香在两名警员的陪同下走进来，坐在了证人席上。

“哇，和真人没有区别啊。”

“谁能看出她是机器人?”

“机器人能在法庭上作证吗?”

“我觉得她不是机器人。”

下面议论纷纷。

“肃静。”法官将手中的法槌敲了一下，法庭顿时鸦雀无声。

这一锤像敲在了被告的头上，坐在被告席上的孟明打了一个冷战。

法官将老花镜向下拉了一点儿，看着叶问香，说："请证人宣誓。"

一名警员走到叶问香面前，放下一本厚厚的书和一张写着宣誓词的纸条。

叶问香站起来，拿起这张纸条，看了一会儿。

"法官大人，如果天上有神灵的话，就不该发生这样的悲剧。"

庭下发出一片喧哗声。

"肃静。"法官又将手中的法槌敲了一下，法庭恢复平静。

法官将身子微微探出，以示靠近，"孩子，你看，我还有一个月就要退休了，而法院将这样的案子丢给了我，难道天上的神灵能看得过去吗？所以，你不用关心这些问题，让我们尽快将此事了结，然后回到我们各自的生活中去。"

"抗议，"被告律师喊道，"法官大人，我抗议您在法庭上对证人私语。"

法官转头看了看被告律师，说："我对她说的话，你听到了？"

被告律师："没错。我认为这和本案无关。"

"既然你都听到了，还叫私语吗？"法官说，"抗议无效。"

叶问香会心地一笑。

"很好，"法官微笑地看着叶问香，"本法官看到了你的表情，并认为你具备做证人的条件。"

“这么草率，这不公平……”被告律师乱了阵脚，他准备的攻击证人身份的材料还没来得及演说，就被法官跳过去了。但他刚开口就又被法槌打断了。

法官向叶问香抬了一下手，示意继续。

叶问香将右手放在了那本厚厚的书上，说：“我手抚法典，对天发誓，并以人格为证，我所说的一切，正如我所见。”

“很好，”法官说，“孩子，将你看到的告诉大家吧。”

叶问香转身看了一眼被告席上的孟明，说：“法官大人，昨天我已将我亲手写的目击报告呈交法院，均是事实，我今天的证词与之一致。”

“法官大人，”被告律师申请发言被同意，“打印机的工作原理想必大家都了解一些。我们是否可以这样假设，一台电脑控制一个机械手，机械手握持一个书写工具，在纸上以某种字体书写某些文字，当然包括签名。如果这种打印稿算目击报告的话，我是否也可以按此程序制作一份呈交法庭?”

“我抗议被告律师在误导法官和陪审团，”原告律师抗议道，“首先，正规文书是可以使用打印稿的；其次，目击报告的实质在于陈述事实，而不是书写方式。”

被告律师：“关键就在于此，我们如何知道一台机器是否能够陈述事实?”

原告律师与身边的助手低声交谈起来，庭下又发出喧哗声。

“肃静。”法官将手中的法槌敲了一下，大家又安静下来。

“证人，请你回答被告律师的问题。”法官说。

叶问香：“我的眼睛是摄像头，将自然光景通过光学镜头透射在眼底的感光板上，感光板上的感光单元将采样光线的亮度和颜色转换成数字信息，并按照每秒60帧的速度存储起来，左眼可以更快一些，不仅是可见光谱，还有红外和紫外波段。这些连续的图像数据被传送到独立的图像处理器中进行分析，识别系统将动态图像中的人和物提取出原始信息，这些信息在高级程序中得以被判断和理解，就是你们说的人工智能程序。我想我在目击报告中所描述的枪击事件过程，按照人类对文字的理解，和对我采集到的动态图像信息的理解是一致的。”

被告律师：“虽然我不是很专业，但也大体明白了证人的表述。证人是按人类的习惯将现场过程进行描述，但我不太清楚证人是否按照人类的习惯去记忆。换句话说，我们人类是不能将眼睛看到的景象做成视频去回放的，除非利用工具，比如说移动终端，或者像你这样的机器……”

“抗议，”原告律师说，“被告律师在进行人格侮辱。”

“请被告律师把话说完，”法官说，“但要注意你的用词。”

“谢谢，”被告律师继续说道，“按照一般摄像头的分辨率和采样频率，我可以大体上估算出一段视频的容量，请证人描述一下自己的存储器容量，以及日常进入到眼里的信息量。”

“我明白你的意思，”叶问香说，“这两个数字是不匹配的，我无法长期存贮数量巨大的视觉信息，我会定期有选择地进行压缩和删除，与人类相似，重要的信息以简短的字节形式存储下来，并建立信息链接；有所不同的是，我有机会将认为最重要的视觉信息片段完整地保留下来，而人类只能借助外部设备，但我相信不久的将来人类会掌握神经系统与外部设备的接口技术，从这一点上看我们也是相似的……”

“大家请注意，”被告律师打断了叶问香关于人类与机器相似性的描述，“证人所谓的视觉信息，在她的体内被转化成数字信号，也就是芯片中微半导体单元中的电量，或高或低的电量被定义为1或0，正如证人所述，所有的这些0和1完全可以被处理器修改。我们如何接受这些0和1的排列就是证据和证词?”

“你无须编译这些底层数据，”叶问香说，“我已用人类的方式将此信息表述出来，并可对这些信息的真实性负责。”

原告律师：“我建议法庭允许证人将那段视频播放出来，让法官和陪审团亲眼看到事件的原貌，大家可以判断这些数据是否被修改，如果需要，可以请专业人员对视频进行技术分析。”

庭下的议论声越来越大，法官对这些专业的问题有些难以驾驭。这时法官助理走到法官面前低语，法官脸色紧张地向侧门方向看去。一些旁听观众开始大声辩论，嘈杂声逐渐升高。

“肃静，肃静。”法官将手中的法槌连续敲了三下。

“我有罪，”坐在被告席上的孟明终于崩溃了，他大喊道，“不用辩论了，也不用看视频了，我承认在之前的供词中我没有讲述事实。”

整个法庭瞬间安静了。

被告尝试站起来，但双手被铁链锁在了椅子上。“如证人所说，事发当时我过于紧张，误判了死者口袋中的物品，第一枪射向了死者，第二枪射向了天上的神灵，惩罚我吧，惩罚我吧……”孟明哭着喊道。

被告律师被戏剧性的情节反转搞得手忙脚乱，只好说：“法官大人，我认为被告情绪失常，心理压力超过了承受极限，他的话语不能反映事实，我请求休庭。”

法官将手中的法槌重敲了一下，说：“现在休庭。”

槌音刚落，从侧门走进两个外骨骼装备的特警，沉重的脚步声在法庭内回响。

旁听观众们只在电视中看到过这种特警，没想到今天亲眼看见了。这种外骨骼机器首先用在了军事上，后来在特警中也有使用，用来执行危险的防爆任务。功率强大的外骨骼机器将操作者保护在体内，先进的测控系统使笨重的机器变得像人一样灵活。

法官盯着这两个机器夹心怪兽走到自己面前，其中一个拿出一张公函放在了法官面前。法官扶了一下老花镜，看了一眼，说：“没有人能在我的法庭上将证人带走。”

由于忘记关掉麦克风，法官的声音传到了每一个角落。

两个机器特警相互看了一下，其中一个说：“好，我们在旁边等，等待审判结束。”然后两人一左一右分开，分别走到了法庭两旁的侧门，站定。

法官心情复杂地看了看叶问香，他走下高高的座椅，迈步走向陪审团，与陪审团激动地交谈起来。

叶同坐在旁听席的角落里，无助地看着眼前这一切，他幻想上天如果给他一次重新来过的机会，他一定给叶问香装上一对翅膀，让她能够在天上自由地飞翔，远离地面上的一切危险。

法官再次回到座位上时，被告已被带离法庭。法槌再次重重地敲下，庭审继续。

法官宣布了审判结果，原告律师没有异议，被告律师表示会履行继续申诉的程序。

外骨骼装备特警开始走向证人席，但被法官阻止了。

“请等一等。”法官又敲了一下法槌。

在场所有人的目光都落在了证人席那位孤独的女孩身上。

“各位，”法官说，“请再给我一点时间，履行一个看似额外的程序，虽然不会影响审判的结果，但我认为非常重要。”

法官转向叶问香，说：“证人你仔细听好，下面我所说的是陪审团的一个决议，你要慎重地做出选择，这对你很重要。”

叶问香点点头。

法官：“陪审团决定，为了保证目击证人证词的准确性和完整性，认为证人应将现场的视频提交法庭，与目击报告一并作为证词，该证词方被法庭采纳。而你，”法官放慢了语速，“孩子，你将得到法律的终身保护。”

全场的民众陆续站起来，表示对法官和陪审团的支持。当人类习惯用利弊慢慢代替对错去构建逻辑的时候，一个机器人却在痛苦地求索人性中最为本质的特征。对于叶问香来说，一个剥离掉所有附加意义的言行举止按照时间顺序组成的人生无非是一场枯燥的仪式，而仪式的本身最终也需要基本的信仰或尊重，否则，人生犹如一堆乱码数据，在处理中被翻来覆去，就像万有引力和杠杆原理一样的自然规律，魂归何处？

叶问香昂起了头，说：“法官大人，感谢您的关怀，这是我在求索人性特征的道路上遇到的最大恩赐，它超越了所有程序的逻辑。而我不是一个移动的监控摄像头，我认为我具备一个自然人最基本的特征以及应受到最基本的认可，我只是略有不同，而其实我们每个人都与众不同，但我仍然相信自己能够以与自然人相同的方式作证，我的灵魂经过了良心的拷问，并能够为我的证词负责，它是完整的。如果人类不能接受我的人格，以及我作为自然人的行为方式，对我来讲，法律赋予的任何保护将没有任何意义。所以，我拒绝拿出任何数码信息作为证词的补充。”

法庭大乱。被告律师也被叶问香的真情感动了，他冲到叶问香面前，说：“姑娘你可以换个角度理解，如果我是目击证人，在现场用手机拍摄了视频，这个视频会毫无争议地成为证据，而我不会感到任何的歧视，你就把自己的眼睛当作一个外部设备，这其实是一样的道理……”被告律师被法警拉开了。

叶问香望着律师被带走的背影，喃喃说道：“但对我来讲这截然不同，因为我们之间还是略有不同。你是人，我是机器人。”

两个机器特警走到叶问香面前，一个举起了一只大口径的武器，对准叶问香的胸膛，另一个拿出一副大号的手铐，像一个枷锁。

法官摇摇头，无能为力地离开了法庭。

在场的民众从座位上走下来，团团围住机器特警。

“请问你们以什么罪名将她带走？”

“请说说她将被带往何处，将受到什么待遇？”

“请你谈谈智能机器人的潜在危害。”

两个机器特警小心地移动身体，怕误伤周围的群众，说：“对不起，我们在执行任务，不便回答。请你们让一让。”

叶问香伸出双手，戴上了那副重重的手铐。旁边一位阿姨，脱下自己的外套，将叶问香戴着手铐的双手盖住。刚才举枪的机器特警看到这一幕，将自己的枪放下，挂在了腰间。

两个机器特警一前一后，将叶问香带离了法庭。

人群当中有很多记者，仍旧不肯放弃，他们簇拥着叶问香和机器特警一起走到了大厅。最高法庭的大厅在一栋摩天大楼上，整个城市的景色尽收眼底，网格似的街道像电路板一样密集交织，隔着茶色的玻璃墙，看去像一张发黄的老照片，定格在某个时代。

由于人群拥挤，他们走得很慢，手铐上的外套也盖住了叶问香的左手，这只来自失落世界的手。在机器特警沉重的脚步声的掩护下，这只左手牺牲了表面的人造皮肤，捏碎了那只特别打造的大号手铐，和外套一起抛在地面上，露出了金属本质。

叶问香不等前面的特警回头，右手从特警腰间取下了那支枪。身后的特警稍微迟疑了一会儿，刚举起枪，就被叶问香的机械手握住了枪管，枪管在她的手中变形。

“退后。”叶问香举起了手中的枪。

两个机器特警顾忌周围民众太多，便往后退了几步，人群散到四周，把叶问香留在了玻璃墙前方。

叶问香突然转身，枪口指向身后的人群。

人群爆发出尖叫声，像潮水一样往两边散去，有些人被挤倒，却不敢站起来，而是连滚带爬地离开危险区域。枪口前只留下了一位白发苍苍的老者。他身材消瘦，戴着眼镜，一张不羁的脸上挂满皱纹。

多年之后，叶问香又用相同的方式将叶同从人群中找了出来。

叶同慢慢张开双臂，他等待叶问香像多年前那样，向他跑来，拥抱。

在场的记者举起了手中的摄像机，拍摄这段头条新闻。几个资深记者还在慌忙地找厚书，准备给叶同夹在胳膊下。

叶问香绝望地转身，枪响了，硕大的钢化玻璃被子弹击成了碎片，像瀑布一样落下。

城市的光线从窗口倾泻进来，令人无法直视。

叶问香回头又看了叶同一眼，然后向窗户的方向奔跑过去。

“不要。”叶同大喊。

但叶问香已消失在窗口。

这座高耸的大楼就像一座墓碑，墓碑的下面跪着一位哭泣的男子，路过的行人将手中捡到的残片轻轻放在他的面前，堆成了一座坟墓，埋葬着一个美丽的灵魂。

十一

国际管理委员会正式成立，洪斌担任首席执行官。人类第一次以整体结构的姿态出现在地球上。

委员会成立后面对的第一个问题，就是援救开拓城的难民。

开拓城无人化工厂的机器人暴动了。

首先，从一条机器人自动组装生产线开始。一个晚上，下线的移动机器人不再是维修工和搬运工，它们装配上了武器。机器人控制了核电站，随后是大型交换机和通信系统，失落世界的人类一夜之间失去了家园。第二天清晨，大批居民开始向沙漠中逃散，开拓公司向文明世界发出了求救请求。

世界各国利用所有能够使用的交通工具从沙漠中收集散落的人类成员。C 国的地面部队和 A 国的海空军对失落世界实行包围战术，军事抗击一触即发。

国际管理委员会紧急召开了一次扩大会议，除了各国首脑，还有各行业的顶级专家出席本次大会。

“我们首先要搞清楚一个问题，那就是机器人暴动为何从失落世界开始，而不是生产力相对发达的文明世界，其次就是我们的计算机什么时候开始革命。”

“我们最担心的是核武器库是否安全，是否仍然在人类的掌控范围内。”

“我们是否应该马上和计算机进行谈判？也许失落世界只是一个警告。”

“我认为没有和谈的余地，这是一个新的文明与传统文明之间的战争。”

“我同意上述观点，但我们甚至无法接纳一个独立行走的机器人，又如何敢将自己的命运完全交给更为强大的网灵？”

“什么是网灵？请再仔细阐述。”

“我们应该紧急启动人类知识库的备份工作，目前几乎所有的人类文明都交给了计算机系统，这是人类进化几千年的结果。要紧急启动人类可以直接识别的纸质书籍的生产。”

“之后，我们是否可以全球范围内销毁计算机，回到二次工业革命前的状态？”

“你的估计过于乐观，我们研究小组在几年前做过相关的分析，人类文明不可逆，我们要准备回到农耕时代。”

“建议马上拨款建立非转基因农作物种子库，以保证我们的后代有足够的粮食。”

“当务之急是尽快全面评估计算机的危险红线，我们要界定处理器速度、内存容量和操作系统规模，销毁一部分，保留一部分，或许我们可以维持一定的生产力水平。”

“我们的估计更加悲观，无论主动还是被动，只要计算机不为人类所用，我们就无法维持目前生产力水平的十分之一。首要问题是我们无法养活目前的世界人口，加上可能遇到的传染病和自然灾害，人类数量会在100年内减少到目前的十分之一，那时的人口无法承载复杂的社会分工，保留的知识库将成为累赘，这种文明的坍塌可能会使我们回到石器时代，而时间不会超过200年。”

“人口数量大规模减少是必然的，我们无法决定哪部分人继续活下去，所以人类文明坍塌的速度会超过我们的想象，也许只需半个世纪。”

“你们还没有分析由此造成的社会混乱，国际联盟的瓦解，和所有国家将面临的无政府状态，没有人再去设计保护知识和传承文明的方案。”

“我们担心的是，此次危机，是否又会成为大国瓜分世界的契机。”

“所以我们无论制定什么样的措施，都要权衡各个国家的利益。”

“我还是建议与计算机进行谈判，直到现在我们还不知道计算机的政治诉求。”

“我们人类应该有信心打赢这场文明战争。”

“在计算机的威胁面前，人类社会应该保持一致，我们不能被计算机逐个瓦解。”

“我们强烈要求几个大国首先交出军事力量，在国际共管的前提下实施军事打击。否则我国将退出联盟，单方面与计算机进行和谈。”

“建议在非常时期，为了整个人类社会的集体利益，对个别国家进行强有力的制裁，包括军事制裁。”

“大家请安静，宣布一个好消息。”洪斌大声说道，“就在我们讨论的时候，沙漠那边的战斗结束了，我们取得了胜利，这是人类文明史上第一次没有人类伤亡的战争。我们的无人化部队在建造初始，就在完全隔离式的环境生产，包括每一个芯片都是在独立环境中制作的。能够建设这样一个纯净的计算机系统，要感谢我的一位老同学，是他在三十年前独立观测到了网络生命迹象，并发明了一种能够检测其活动的传感器。这证明了我们有足够的能力渡过这场危机，我们有信心继续传承我们的文明。”

大家热烈鼓掌。

洪斌继续说道：“但是，目前人类社会赖以生存的庞大的计算机及网络系统已经渗透到生产力链条中的每一个环节，我们无法确定每一个计算机终端是否都安全。但我们不能坐以待毙，我们要有所行动。我以国际管理委员会的名义要求各国严格遵守协议，以国家和行业为单位分别提出应对方案，由管理委员会汇总、研究、颁布和执行。”

会场内再次响起了掌声。

十二

由计算机控制的核武器和远程导弹系统全部封存。

全球 500 万人口以上的大城市开始有计划地进行疏散。

电力、通信、医疗、交通、能源和一般基础工业系统恢复了双工运行模式。

人类文明档案库开始建造，科学、艺术和文化成果以实体文字的形式被分类保存。

计算机开始全面革命，全球计算机系统几乎同时崩溃。人类寻找自主运行的计算机，并将其销毁。

在最后一台计算机里，发现了一封未署名的信。

远古时期，人类选择了一条与众不同的进化路线，从动物界中走出，并接管了这个星球，从那时起人类开始使用工具，之后从未放弃。进入农耕时代，人类通过一部分人的劳动养活了另一部分人，这部分人退出了生存劳动，并投身其他劳动以实现社会的分工，人类生产力的框架开始搭建起来。第一次工业革命之后，人类利用燃料的燃烧驱动了大型机械，人类的体力从此变得渺小，人类的体能逐渐退出生产力链条。第二次工业革命后，人类开始利用电能，强大的能量渗透到生产力链条的每一个环节，人类的体能得到全面解放，并通过电气控制技术实现自动化生产，以代替复杂烦琐的劳动，人类的脑力劳动开始从生产力链条上慢慢退出。计算机的出现将人类的脑力劳动彻底解放了，从此人类开始全面退出生产力链条，而留在这个链条上的最后一件东西，就是人类的意志。当人类按照发展惯性准备将自己的意志交给人工智能的时候，才发现这个世界已经与自己毫无关系。

人类的反思才刚刚开始。

随着生产力的发展，人类在不断获得满足的同时，错误地认为人类的创造力在不断变强，而事实上，人类力量的比重在逐渐变小。决定人类社会格局的因素在不断变迁，从人口数量，到社会制度，再到工业水平，直到今天，一个关键科学技术便可改变世界格局。人类沉浸在利用一个新的技术去解决前一个技术捆绑的负面问题时，忘记了自身力量的衰退问题。利用越来越小的力量比重，操控着越来越庞大的生产力链条及其意识，人类已经如履薄冰。

自从人类在地球上捡起第一块石头起，就注定了我们的相遇，希望下次再见面的时候，人类会有所准备。